ANDRÉ FAURE

LE MARIAGE

EN

JUDÉE & EN ÉGYPTE

Analogie des deux Institutions

VALENCE

IMPRIMERIE VILLARD, BRISE ET BLACHE

1897

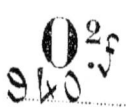

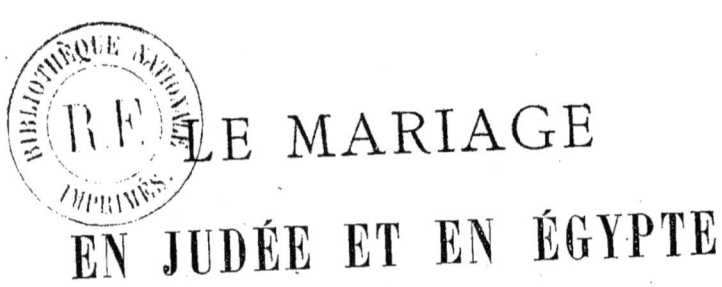

LE MARIAGE
EN JUDÉE ET EN ÉGYPTE

ANDRÉ FAURE

R.F. LE MARIAGE

EN

JUDÉE & EN ÉGYPTE

Analogie des deux Institutions

VALENCE

IMPRIMERIE VILLARD, BRISE ET BLACHE

1897

A LA MÉMOIRE DE MON PÈRE

le Pasteur Elie FAURE

A MA MÈRE

A MES CHERS ET VÉNÉRÉS MAITRES

MM. ERMANN, P. GUIEYSSE, MASPERO, E. RÉVILLOUT

dont l'affection et les conseils
m'ont toujours soutenu
j'offre cette étude
comme témoignage de ma reconnaissance.

A. F.

PRÉFACE

Au commencement de ce siècle, l'école rationaliste a déjà cherché à expliquer les institutions juives par des emprunts faits à l'Egypte ; ce n'est donc pas une voie nouvelle que nous entreprenons d'ouvrir ici à la science théologique, mais nous voudrions lui montrer que les récentes découvertes de l'Égyptologie peuvent lui fournir aujourd'hui des renseignements fort précieux pour l'étude de la législation hébraïque. Depuis quelques années, en effet, grâce aux travaux laborieux de savants étrangers et français et surtout de M. E. Révillout, on a pu reconstituer non seulement la civilisation, mais encore la législation des habitants de la vallée arrosée par le Nil.

Dans les différents cours qu'il nous a été permis de suivre, tant à la Sorbonne, au Collège de France et au Louvre qu'à l'Université de Berlin, nous avons été frappé des analogies nombreuses qui existent entre certaines coutumes juives et certains usages égyptiens. Nous avons alors pensé que si l'on avait eu raison d'abandonner autrefois cette comparaison lorsqu'elle

ne pouvait reposer que sur les données incomplètes des
auteurs grecs, il fallait y revenir aujourd'hui que la
science égyptologique est assez avancée pour fournir des
arguments fondés sur des textes ou des monuments
juridiques empruntés à l'Egypte elle-même. Nous avons
voulu montrer qu'il y a en effet entre les deux civilisations, des ressemblances nombreuses et importantes
dont il faut tenir compte ; et c'est là la justification,
nous dirions volontiers l'excuse du travail auquel nous
nous sommes livré.

Nous reconnaissons toute la difficulté d'une semblable
recherche, car elle réclame des connaissance étendues
que nous avons souvent regretté de ne pas posséder,
surtout quand il nous a fallu rétablir, par l'étude seule
des textes, ce qu'était le mariage en Egypte dans ses
effets et sa validité. Aussi qu'on ne compte pas trouver
ici une œuvre parfaite, mais qu'on veuille bien plutôt
regarder cette étude seulement comme l'essai d'un
débutant dans une science encore nouvelle et fort
difficile.

Nous sommes heureux de pouvoir remercier ici nos
Maîtres qui nous ont toujours aidé de leur science et
de leurs conseils avec tant de bonté ; aussi les prions-
nous, en leur dédiant une œuvre qui est en grande
partie la leur, de la recevoir comme le témoignage de
notre plus vive gratitude.

A. FAURE

Plan-de-Baix, 1er Juillet 1897.

INTRODUCTION

Malgré les rapides progrès et les résultats extraordinaires auxquels la critique est parvenue en définissant avec toute la netteté désirable les différentes sources qu'elle a su reconnaitre dans le Pentateuque, nous ne pouvons cependant pas dire avec M. Westphal que le problème littéraire soit complètement résolu.

Nous ne croyons pas, en effet, qu'on ait tout dit sur ce sujet si difficile et si complexe, car bien des points restent encore obscurs. Pour notre part, et c'est ce qui légitime l'œuvre que nous nous sommes proposée, nous ne voyons pas que la question soit nettement élucidée en ce qui concerne la législation civile.

Il faut établir une distinction entre la législation civile et la législation religieuse.

Or, on s'est plutôt occupé, ce qui était tout à fait légitime, de la seconde, parce qu'elle était plus longuement traitée, et on a négligé la première, ou plus exactement, on ne l'a pas suffisamment distinguée de l'autre. La question de la législation civile reste donc toujours en suspens.

Et cependant, que de pourquoi ? ne peut-on pas se poser.

Par exemple, pourquoi de si grandes lacunes dans la partie civile, quand la partie religieuse de la législation est si détaillée ? Pourquoi certains sujets sont-ils abordés, tandis que d'autres sont tout à fait laissés dans l'ombre ? Pourquoi dit-on comment le mariage sera dissous (Deutér. XXIV, 1, sq.), et nulle part comment il sera contracté ? Ce sont là, sans parler de toutes les autres, des omissions grossières, choquantes et qui doivent tout naturellement amener à conclure que, si une législation rapporte des lois aussi avancées, attestant une connaissance approfondie de la jurisprudence, tout en laissant subsister à côté des lacunes inattendues, c'est qu'elle ne nous est parvenue que fragmentairement.

Comme il semble que la législation civile ne fait pas un tout à part, qu'elle est presque toujours intercalée dans la législation religieuse, on a été amené à les confondre, et en traitant de l'une, on traitait en même temps de l'autre. C'est ce qu'a fait M. Westphal dans son second ouvrage sur le Pentateuque « *Le Problème historique* ». Cependant, comme elles sont réunies dans les textes et qu'elles ont entre elles certains rapports, nous ne voulons pas nous occuper de la législation civile avant d'avoir tout au moins indiqué, pour n'y plus revenir, les résultats auxquels on est parvenu sur la succession probable de l'apparition des divers codes religieux, d'autant plus que ces résultats nous serviront aussi à appuyer ceux auxquels nous arriverons par l'étude du droit civil.

Les savants qui se sont occupés du problème historique ont émis à ce sujet des hypothèses fort plausibles et auxquelles nous nous rangeons volontiers ; mais ces hypothèses satisfaisantes ne concernent, nous le répétons, que les lois religieuses.

On ne saurait mieux faire, pour donner une idée exacte de ce qui est acquis à la science, que de rapporter ici les conclusions de M. Westphal : il établit les dates respectives des différentes sources du Pentateuque, en examinant tour à tour dans chacune d'elles ce qu'elles pensent des sacrifices, des fêtes et comment elles comprennent le sacerdoce (1).

Prouvant que ces trois institutions vont du simple au composé et que par conséquent il y a eu développement dans l'idée, il arrive aux conclusions suivantes :

Le *Livre de l'Alliance*, à cause de sa simplicité, est le plus ancien. Le *Deutéronome*, un peu plus détaillé, a paru plus tard. Enfin, le *Code sacerdotal*, « nous introduisant dans

(1) Westphal. — *Les Sources du Pentateuque*, Paris 1892, vol. II, p. 176 sq. 199, 200, 225.

une époque où la centralisation des cérémonies religieuses a porté ses fruits, marquant un état de choses plus avancé et plus de raffinement dans l'organisation du sacerdoce », a été nécessairement composé en dernier lieu.

Voilà, en aussi peu de mots que possible, ce qui a été dit au sujet des dates probables des sources qui contiennent la législation religieuse. Il y a assurément un développement dans l'idée, et il est indéniable que ces législations répondent chacune à une époque particulière de l'histoire du peuple juif.

Mais, comme nous le faisions remarquer, tout cela explique le code religieux et ne dit rien du code civil.

Si, comme on peut s'en convaincre, les lois religieuses sont détaillées, nombreuses, les lois civiles sont rares et incomplètes ; elles arrivent quelquefois sans rime ni raison, semblant perdues au milieu d'une longue suite de prescriptions cérémonielles, et il est difficile de faire ou de rétablir même un code aussi simple que possible et ne renfermant que les articles principaux de toute législation.

Par exemple, s'il est quelque chose d'essentiel au point de vue juridique, et surtout chez les Hébreux où la famille était vraiment honorée, quoique le Pentateuque n'en parle pas, c'est bien la question du mariage dans sa validité, ses effets légaux, sa protection, etc. Or, sur tout cela, qu'y a-t-il ? Dans le *Deutéronome*, et c'est encore là que cette partie du droit est traitée le plus longuement, il n'y a rien qui dise comment le mariage sera contracté et quels seront les effets qu'il produira ; par contre, il parle à brûle-pourpoint de la façon dont il sera dissous (Deutér. XXIV, 1) et plus loin (XXVII, 20-23), sous forme de malédictions, des aptitudes légales. Il en est de même pour le Code sacerdotal, quand il parle de la protection accordée au mariage (Nomb. V, 11-31) et du Code sinaïtique, quand il nous fait le tableau détaillé des empêchements au mariage. Quel que soit le Code que l'on consulte, on remarque toujours le même manque de suite, le même décousu dans la façon dont chacun présente ses lois.

Il nous semble que c'est là une observation qui doit frapper et amener à conclure que les lois civiles ne nous sont pas toutes parvenues ; que celles qui sont citées sont tirées d'un Code qui ne nous a pas été conservé.

Ce qui nous fait supposer l'existence de ce Code, c'est que

s'il y a quelques différences, il y a encore plus de ressemblances entre les lois des différentes sources du Pentateuque.
Des ressemblances, il n'y a rien à dire ; ne pourrait-on pas
expliquer les différences ? Cela ne serait sans doute pas
impossible ; d'autant plus que les véritables différences ne se
trouvent pas tant dans le Code civil lui-même que dans le
Code religieux ; nous avons dit plus haut pourquoi. Or,
les mêmes raisons ne pourraient-elles pas expliquer celles
qu'on peut rencontrer dans le Code civil ? Par exemple, on
croit en voir une dans ce que les deux législations disent au
sujet des rapports que les Israélites devront avoir avec les
étrangers. M. Westphal affirme que l'autorisation donnée par
le Deutéronome d'épouser en certaines circonstances des
femmes étrangères, contredit absolument l'esprit d'exclusivisme qui caractérise le Code sacerdotal. « Ce qui le prouve,
c'est que la restauration des lois mosaïques, entreprise par
Esdras et Néhémie dans l'esprit du Code sacerdotal, eut pour
premier effet de bannir, de la façon la plus violente et la plus
radicale, toute femme étrangère du milieu d'Israël. » (1)

Tout d'abord il faut remarquer qu'aucune loi civile du C. S.
n'interdit formellement de telles unions ; de plus le passage
cité par M. Westphal (1), d'après Riehm, c'est-à-dire Deutér.
XXI 10-14, ne fait pas tout à fait allusion à ce qu'il pense.
Ici, c'est en effet un mariage conclu dans des conditions particulières ; il semble que le législateur, par un sentiment tout
humain, éprouve le désir de définir exactement la position
d'une femme esclave qu'un vainqueur charmé voudrait épouser,
mais aussi que plus tard il pourrait renvoyer. Et la preuve
qu'il ne faut pas voir là autre chose, c'est qu'au cas où l'union
ne plairait plus à cet homme, il ne pourrait pas se défaire de
sa femme comme d'une esclave ordinaire, car son mariage
avec elle avait détruit l'esclavage (v. 14). — D'un autre côté,
si le Code sacerdotal qui cite S. avait cherché à empêcher les
unions avec les étrangères, pourquoi, dans la liste si détaillée
des empêchements au mariage, n'aurait-il pas introduit, ne
fût-ce que le plus petit entrefilet, pour interdire ces unions
illicites à partir d'Esdras et de Néhémie ? (2) — Au contraire, il

(1) Westphal. — *Loc. cit.* II, p. 238.

(2) Ce fait que S est si en désaccord avec l'exclusivisme du C. S. n'indiquerait-
il pas qu'il lui est de beaucoup antérieur ? Et s'il se rapproche des lois déjà

n'y a rien qui les défende, et quand il parle des étrangers, il dit seulement qu'ils devront se soumettre comme les indigènes aux lois et aux ordonnances du pays qu'ils habitent (1).

Il nous semble donc, sans nous y arrêter davantage, que dans ce cas, il n'y a guère de différence entre les deux législations ; ni l'une ni l'autre n'empêchent une union avec une étrangère. On pourrait même dire que, puisque le C. S. ne le défend pas, il l'admet en principe, étant plus complet que l'autre dans ses interdictions.

Cependant l'idée d'un Code pourrait-elle se soutenir ? Certains auteurs semblent avoir pressenti sa présence ; ainsi, M. Westphal disait, en parlant des ressemblances de la législation du Code sacerdotal et de celle du Deutéronome (2) : « Une chose est certaine, c'est que le Deutéronome et le Code sacerdotal ont puisé dans le même fonds traditionnel. Comme aucun des deux n'a inventé à plaisir et que tous deux représentent, à des époques diverses, la législation du même peuple, il est évident que partout où l'évolution religieuse et les transformations politiques ne devaient point modifier l'esprit des lois, nos deux Codes étaient destinés à conserver, au milieu de tout ce qui les distingue, des traits de parenté, fruits de leur origine commune. »

Ainsi cet auteur admet une origine commune, en ce sens que tous deux « auraient puisé dans le même fonds traditionnel. » Il en est de même de Dillmann (3) qui, en parlant de la partie civile de la législation du C. S., c'est-à-dire de Lévit. XVII à XXIV, dit que ce « *corpus legum* » faisait partie des documents « employés » mais non « composés » par l'écrivain sacerdotal (4).

citées par Deutér., ne pourrait-on pas conclure qu'il dut appartenir au même système juridique ? Cela pourrait donc encore appuyer notre croyance à l'existence d'un Code primitif, cité par les législateurs religieux quand ils avaient besoin d'y ajouter, de développer ou peut-être de changer quelque article.

(1) Lévit. XVIII 26, XVII 12-15, XXIV 16-22. — Cf. Exode XII 49, Nomb. XV 15, etc.

(2) Il est bien entendu que nous ne parlons ici que de la législation civile.

(3) Dillmann. — *Die Bücher N. D. et Jos.* 1886, p. 637 sq. — Westphal, p. 233.

(4) A cet égard il est intéressant de consulter les *Tabellen*, pl. 14 de l'ouvrage de Holzinger : *Einleitung in den Hexateuch* 1893.

A ce propos aussi on pourrait rappeler la thèse de
M. Reuss ainsi conçue : « L'élément historique du Pentateuque peut et doit être examiné à part et ne pas être
confondu avec l'élément légal ». Cette thèse, à laquelle,
selon M. Westphal (1), Graf dut « l'erreur grave qui mit dès
les premiers jours son hypothèse en danger », exprime
cependant quelque chose de vrai et dont il eût fallu tenir
compte. Or, sans aller jusqu'à vouloir séparer toute la législation du corps historique, car cette séparation ne doit pas
être faite pour la législation religieuse, qui alors ne se
comprendrait plus, nous croyons pourtant que cela peut et
doit se faire pour la partie civile, car celle-ci semble former
une législation à part.

De plus, ce qui nous est parvenu ne peut former un Code ;
car même en réunissant et en plaçant dans l'ordre le plus
logique possible tout ce que donne le Pentateuque sur la
législation civile, on ne peut reconstituer un système juridique, nous ne disons pas complet, mais offrant seulement
assez de lois pour que chacune des parties d'un Code civil
puisse se suivre logiquement.

Or, l'absence de certaines lois très importantes et le peu
de suite entre celles qui sont données, présentent une difficulté réelle pour rétablir ce que devait être la législation
hébraïque. Mais cette difficulté est-elle insoluble ? — Si les
différences entre les lois renfermées dans le Pentateuque ne
sont pas essentielles (2), si on peut les compléter en en inter-
posant d'autres appuyées sur le même principe et expliquant les
rapports qu'il y a entre celles qui existent, n'aura-t-on pas la
clef qui permettra de résoudre cette difficulté ?

Pour cela il faut admettre que le peuple d'Israël a eu en sa
possession un Code civil. Qu'il ait été primitivement très

_____

(1) Westphal, *loc. cit.* II, p. XVIII.

(2) Encore y eût-il des différences que cela, à proprement parler, ne saurait
être une preuve contre l'existence d'un Code. Ainsi, de nos jours, en
plein XIXe siècle, la législation anglaise est encombrée de vieilles lois toujours
en vigueur et qui devraient, semble-t-il, être annulées par les nouvelles qui
les contredisent. Pourtant il n'en est rien, et quoique les jugements soient
parfois rendus très difficiles par cela même, le fameux procès de Mrs Jackson
en est la preuve, les législateurs anglais ne songent pas à réformer leur Code.
On ne peut toutefois pas tirer de ce fait la conclusion qu'ils n'aient qu'un
droit coutumier, ce qu'on voudrait faire pour les Juifs.

étendu, nous n'irons pas jusqu'à le prétendre, mais on ne peut nier cependant, à cause des lois rapportées par le Pentateuque, que s'il a existé, il devait être assez développé, puisque le peu qui nous en est parvenu, témoigne d'une connaissance approfondie du droit et suppose un état de civilisation assez avancé.

Il serait peut-être possible de se rendre compte de ce qui existait alors en étudiant les lois de la Mischna et du Talmud, ou plutôt en cherchant à rétablir, suivant leurs données, ce que devait être la législation du peuple d'Israël. Ce ne serait pas une méthode contraire aux exigences de la science, puisque nous procéderions du connu à l'inconnu ; et s'il est possible de démontrer, au moyen de ces preuves, que les lois talmudiques ont suivi un développement toujours dirigé dans le même sens et que cette évolution s'est faite d'après un principe juridique posé par la législation du Pentateuque, on pourra alors admettre que les lois considérées par le Talmud comme très anciennes le sont en effet si elles se rapprochent de ce principe.

D'un autre côté, si on peut établir l'antiquité de certaines lois du Talmud, au moyen de preuves qu'on ne puisse contester, il nous sera permis de conclure à l'existence ancienne d'un Code civil bien défini, dont il ne nous serait parvenu que des fragments, dans le Pentateuque.

C'est de ces recherches que nous voudrions nous occuper dans ce travail. Aussi bien la critique nous semble avoir négligé les indications que peut offrir, sur la partie législative du Pentateuque, une étude comparative de la civilisation hébraïque et des autres civilisations contemporaines. Un peuple, en effet, ne se forme pas sans subir les influences de la société plus éclairée au sein de laquelle il naît à la vie nationale ; et, pour ce qui regarde le peuple juif, s'il est bien vrai qu'il avait conscience de son existence politique à la sortie d'Egypte, comme le rapportent les anciennes traditions israélites, on devra retrouver dans ses lois civiles des traces profondes du long séjour qu'il fit au bord du Nil.

Nous avons cru, et non sans quelque raison, que les documents de l'ancienne Egypte pourraient nous fournir bien des indications à ce sujet (1). D'autant plus que l'opinion des

(1) Dans un cours de M. Maspero, que nous suivions en 1888 au Collège de France, l'éminent professeur nous parlait de certaines peintures murales du

Juifs, même après l'exil, sur la provenance de leurs lois ne contredit pas cette manière de voir. En effet, quelle était cette opinion ? Qu'ils les avaient reçues de Moïse, après un long séjour dans le pays de Mitzraïm. Une tradition qui fait aussi longtemps le sujet de gloire de tout un peuple, peut-elle seulement reposer sur une simple légende ? (1) Du reste, ce séjour n'a été contesté par personne ; le seul point sur lequel on ne soit pas tout à fait d'accord a trait au nombre d'années que le peuple aurait passées dans le pays de la servitude. Que peut-on donc conclure de ce fait ? C'est que si les Hébreux ont été en contact pendant plusieurs générations avec le peuple le plus civilisé de l'antiquité, ils ne peuvent l'avoir quitté sans en avoir ressenti l'influence. Ils auront donc quelques-unes de ces lois qui respirent l'humanité, la charité même inhérente au caractère égyptien.

Si, au contraire, ces lois n'avaient été composées qu'au retour de l'exil, n'offriraient-elles pas plutôt des rapports avec la législation des sujets des Sars ? Mais encore le Deutéronome ne permet pas cette hypothèse, puisque, de l'avis même des savants, il existait auparavant ; et, de plus, il est impossible qu'une période de 70 ans soit suffisante pour changer les mœurs d'un peuple. Pour nous, nous ne le croyons pas pour deux raisons : La première, c'est que réduit à l'esclavage, le peuple juif n'aurait pas accepté les usages de ses vainqueurs pour être gouverné par eux une fois rendu à la liberté ; et la seconde, c'est que si l'on compare les lois du Pentateuque avec celles qui nous sont parvenues de Baby-

---

tombeau de Ti (IVe ou Ve Dynastie) où sont représentés des bœufs foulant le grain Ils sont sans muselière afin de pouvoir prendre leur part de blé, comme cela est aussi ordonné dans le Pentateuque. « Je n'ai pas muselé le bœuf », dit aussi l'Egyptien dans la confession négative, lorsqu'il paraît devant Thot ; ne reconnaît-on pas là l'exhortation de Deutér. XXV, 4 ?

Les rapprochements à faire sont nombreux ; car dans certaines inscriptions et dans ce chapitre 125 du *Livre des Morts*, on trouve presque mot pour mot des ordonnances rapportées dans les lois juives, ainsi que certains préceptes moraux que le législateur hébreu donnait à son peuple.

(1) Dans la *Revue de Théologie et de Philosophie* de Lausanne, 1883, M. Vuilleumier s'exprime ainsi : « Ne restât-il dans le Pentateuque actuel pas un seul trait de lettre qu'on pût attribuer sûrement à la main même de Moïse, nous n'en serions pas moins autorisés à appeler « mosaïque » la législation qui y est contenue. Elle est mosaïque parce qu'elle est le développement légitime de l'œuvre primitive du grand législateur prophète. » (*Cité par M. Westphal, loc. cit. II, p. 30*).

lone ou d'Assur, on remarque entre les deux législations de trop grandes différences dans leurs principes pour admettre que l'une ait influencé l'autre. Comparativement aux Assyriens et aux Babyloniens, le peuple hébreu a des mœurs douces, des sentiments élevés qu'on ne trouve pas à cette époque sur les bords du Tigre et de l'Euphrate.

Il est encore des indications fournies par les documents hébraïques eux-mêmes sur lesquels on ne s'est peut-être pas assez arrêté. Voici ce qu'on lit dans Esdras VII, 10 : « *Esdras avait appliqué son cœur à étudier, à méditer, à mettre en pratique la loi de l'Eternel et à enseigner au milieu d'Israël « ses lois et ses ordonnances* ». Il est clair, d'après ce verset, que des « lois et des ordonnances » existaient avant lui et renfermaient autre chose que les lois cérémonielles. La critique admet qu'il s'agirait ici du Deutéronome et de quelque « *Corpus legum* » existant avant l'exil. Nous le croyons aussi, et en supposant l'existence d'un Code, nous ne contredisons ni les savants, ni le passage cité, puisqu'il est expressément dit qu'Esdras avait lui-même étudié attentivement la loi avant de l'exposer aux enfants de son peuple. (1)

Nous voudrions cependant nous en rapporter à d'autres indications plus sûres qui pourront peut-être nous amener à faire quelques précieuses découvertes. Le fait que des savants ont pu expliquer l'énigme que le sphinx d'Egypte semblait tenir sous ses griffes ne montre-t-il pas l'intervention de Dieu, permettant les importantes découvertes du XIXᵉ siècle, pour nous aider à soulever le voile qui nous cache encore une partie de la vérité et pour dissiper quelques-uns de nos doutes ? Nous voudrions donc chercher, au moyen des données que nous fournit l'ancienne Egypte, quelques indications qui pourront nous éclairer sur la provenance de certaines lois juives, et,

---

(1) Dans l'*Histoire Sainte et la Loi*, M. Reuss rapporte deux légendes rabbiniques assez curieuses : l'une d'elles raconte que Jérémie serait allé cacher dans le désert les objets sacrés du temple avant sa destruction par les vainqueurs d'Israël ; et l'autre, qu'Esdras aurait été dans ce même désert pendant 40 jours méditer sur la loi et la dicter à ses scribes pour la rapporter ensuite au peuple et la lui lire (Néhémie VIII, 1-3). Ne pourrait-on pas en conclure qu'Esdras, par exemple, aurait reconstitué cette ancienne loi qui faisait la gloire d'Israël ? Il est vrai, cependant, que ces faits ne sont pas rapportés dans les livres saints et que nous ne saurions, par conséquent, y ajouter trop de créance, mais il était tout au moins intéressant de rappeler ici l'opinion des Juifs à cet égard.

sans aucun doute, l'examen comparatif des deux législations nous apportera quelques lumières.

Nous avons dit qu'il vaut mieux pour cette étude procéder du connu à l'inconnu. En effet, si nous constatons de grandes ressemblances entre la législation rabbinique et la législation égyptienne, ne sera-t-on pas amené à admettre que pour arriver, l'une et l'autre, à des institutions presque identiques elles ont dû partir de principes semblables. Si on peut découvrir ce principe dans la législation juive la plus récente, c'est-à-dire la Mischna et le Talmud, ne devra-t-on pas en conclure l'existence d'un Code aussi restreint que l'on voudra, mais pourtant complet, qui l'aura inspirée ? (1) On ne peut supposer que le peuple d'Israël n'aurait eu qu'un droit coutumier pour toutes les lois manquantes ; les quelques lois du Pentateuque s'opposent à cette hypothèse ; car pourquoi vouloir qu'un peuple, si supérieur à différents points de vue, ait eu, pour certains cas, une législation très avancée, tandis que pour d'autres il n'aurait eu, pour le régir, que des coutumes n'ayant pour sanction que leur ancienneté ?

Il reste, il est vrai, à expliquer comment il se fait alors que le Pentateuque ne nous ait pas donné le Code tout entier puisqu'il l'aurait cité en partie ? C'est une question délicate, nous l'avouons, mais n'en trouverait-on pas l'explication dans le but poursuivi tant par le Pentateuque que par les autres livres historiques ? Pourquoi ont-ils tous été écrits ? Ce n'est certes pas dans un but politique, mais bien religieux. Voilà pourquoi les lois qui se rapportent au culte sont si détaillées tandis que les autres le sont si peu. Qu'on suppose aussi que les lois civiles n'ont été introduites dans le Pentateuque que lorsqu'elles s'écartaient trop du point de vue religieux soutenu et que des modifications paraissaient nécessaires à l'auteur, alors tout s'explique. Ce fait est frappant dans une loi pour la protection du mariage : Le Deutéronome remet aux anciens le soin de punir l'adultère, le prêtre n'y a rien à voir. Le Code sacerdotal (Nombres V.

(1) C'est un fait historique qui se retrouve chez d'autres peuples. Par exemple, le droit grec s'est inspiré du droit chaldéen ; le droit romain, du droit grec, et le nôtre, du droit romain. Or il est incontestable, pour ce qui regarde la condition juridique de la femme, la puissance paternelle, etc., qu'on retrouve chez nous les traces du principe qui présidait dans ces anciennes législations à ces deux articles du droit. S'il en est ainsi, peut-on refuser au peuple juif ce qu'on ne peut contester chez nous ?

11-31) parlant du sacrifice de jalousie, établit le prêtre juge
et arbitre. Il y a là une différence qui se comprend si on se
souvient du point de vue religieux particulier auquel se pla-
cent ces deux auteurs : Le Deutéronome ne tend pas encore
à remettre toutes choses entre les mains du clergé, ce que le
Code sacerdotal veut faire. N'est-ce pas encore la même
préoccupation qui se manifeste dans les premiers versets du
chap. XVIII du Lévitique ? Il semble bien que le législateur
veuille mettre son peuple en garde contre les institutions
immorales dont le souvenir n'est pas encore effacé, lorsqu'il
dit : « *Vous ne ferez point ce qui se fait dans le pays d'Egypte où
vous avez habité, et vous ne ferez point ce qui se fait dans le
pays de Canaan où je vous mène ; vous ne suivrez point leurs
usages...* » Comme il s'agit ici des unions illicites, on comprend
que le législateur ait voulu détourner son peuple de certaines
coutumes contraires à la morale la plus simple, telle que le
mariage entre frère et sœur contracté couramment en Egypte
à l'époque où les Hébreux habitaient ce pays, et d'un autre
côté, le mettre en garde, par de nouvelles interdictions,
contre des unions coupables qu'il pourrait contracter en se
laissant entraîner par l'exemple des peuples cananéens.

Ce sont là il est vrai des différences ; en tous cas, elles
peuvent s'expliquer comme on l'a vu, et elles ne détruisent
pas d'autre part les ressemblances entre les législations de
la Judée et de l'Egypte. Les analogies sont à certains moments
tellement frappantes que l'on ne peut douter que la plupart
de ces lois n'aient été inspirées par l'Egypte. Il est évident
que si chez deux peuples on trouve les mêmes caractères
dans la législation, ce sera celui dont l'existence politique est
la plus ancienne qui les aura fournies à l'autre. Or aussi
haut que l'on puisse remonter dans l'histoire égyptienne, c'est-
à-dire au temps de Ména, qui vivait *ad extremum* 5,000 ans avant
J.-C., l'Egypte s'offre aux regards du savant avec les mêmes
institutions, les mêmes caractères dans les traits principaux
de sa vie civile, politique et religieuse. Il y eut bien quelques
changements introduits, soit par les invasions sémitiques,
grecques ou romaines, soit par les réformes devenues nécessaires à la suite d'abus, mais jamais elles ne firent perdre à
l'Egyptien son caractère particulier. Il est même tellement
naturel pour lui de tout garder intact, tant dans sa manière
d'être que dans ses mœurs, que M. Maspero nous disait à l'un

de ses cours que « le fellah d'aujourd'hui est le même homme que l'Egyptien des anciens temps ». (1)

Nous pouvons donc, sans invraisemblance, supposer que la plupart de leurs lois existaient bien avant Bokenranf, le premier réformateur du Code égyptien. En effet, les nouvelles institutions ou les changements opérés laissent parfaitement deviner ce qui existait avant ce roi. Ce pharaon, le Bocchoris des Grecs, de la XXIVᵉ dynastie, vivait à peu près au temps de la chute du royaume d'Israël, c'est-à-dire plusieurs siècles après le pharaon de l'Exode, probablement Ménephta Iᵉʳ de la XIXᵉ dynastie. Si nos lois hébraïques se rapportent plutôt à ce qui existait en Egypte en ces beaux temps de son histoire, qu'aux lois du réformateur, nous serons amenés tout naturellement à supposer qu'elles datent de cette époque.

Il est bon cependant de dire de suite que si le législateur hébreu a subi l'influence des lois égyptiennes, comme on le verra du reste dans la suite, il ne les a pas copiées ; il a su leur conserver ces traits distinctifs qui ont fait du peuple juif un peuple à part, lequel, malgré les nombreuses catastrophes qu'il a éprouvées, a toujours gardé son caractère particulier.

***

Prendre l'ensemble des lois civiles pour l'étude que nous nous proposons, eût été un sujet trop vaste, et nous l'avouons, nécessitant des connaissances juridiques plus étendues que celles que nous possédons. Aussi, pour plus de clarté et pour rester dans de justes limites, nous sommes-nous arrêté à un seul article du droit : le mariage.

Le plan que nous nous sommes tracé a été celui-ci : d'un côté, présenter aussi brièvement que possible la législation du Pentateuque, complétée par celle du Talmud lorsque la première offrait de trop grandes lacunes ; de l'autre, mettre sous les yeux du lecteur un aperçu des lois égyptiennes telles que nous avons essayé de les rétablir, grâce aux données des

(1) Cela explique le fait qui a tant surpris M. Delmas *(Egypte et Palestine)*. Il s'étonne que malgré l'islamisme, qui détruit la famille en rabaissant la femme, il y ait certains ménages égyptiens où la femme n'est pas traitée comme la chose de l'homme, mais est honorée comme la « mère de famille ». Ne faut-il pas voir là un vestige des anciennes institutions égyptiennes qui assignaient à la femme une position si élevée ?

monuments anciens ou des actes juridiques traduits et commentés par M. Révillout ; ensuite rapprocher les deux législations l'une de l'autre et formuler dans les conclusions les résultats auxquels nous a conduit cette comparaison.

Nous n'avons pas la prétention d'avoir beaucoup fait, car les passages du Pentateuque, ayant trait à cette matière, sont en somme peu nombreux ; cependant, si ces résultats sont modestes, qu'on veuille nous pardonner de n'avoir pas fait plus, en nous tenant compte du motif qui nous a poussé à entreprendre ce travail. Dans un champ nouvellement ouvert à la science, nous avons essayé de recueillir certaines données de nature à jeter quelques lumières sur la question si controversée de la composition du Pentateuque, ou tout au moins à nous indiquer la provenance d'une partie de son contenu. Nous avons peu fait, nous le savons ; mais nous nous estimerions heureux, si nous pouvions avoir ramené, par ce travail, l'attention des savants sur une indication qui, certainement, vu l'état actuel de la science, peut être d'une grand utilité, et avoir donné le goût de ces recherches à d'autres qui, plus compétents que nous en ces sortes de matières, arriveraient à des résultats plus satisfaisants.

PREMIÈRE PARTIE

LE MARIAGE CHEZ LES HÉBREUX

CHAPITRE Ier

LE MARIAGE

Avant de traiter du mariage, il est nécessaire de dire quelques mots de la condition juridique de la femme en Judée ; car on ne saurait comprendre les effets produits par cet état, si cette question n'était préalablement examinée. Aussi en ferons-nous l'objet d'un paragraphe particulier.

§ 1 *Condition juridique de la femme dans la société juive*

Si on interroge les écrits de l'Ancien Testament ou les monuments postérieurs de la législation hébraïque, on ne tarde pas à s'apercevoir que la femme jouissait d'une situation particulièrement favorable en Palestine. Toutefois si elle n'est pas livrée à cet état d'abaissement où on la voit chez la plupart des peuples orientaux, la dépendance est encore son lot, car elle ne jouit pas d'une liberté complète. Comme jeune fille elle est sous la dépendance de son père ; comme épouse, de son mari ; ce n'est guère que comme veuve qu'elle jouit d'une liberté relative.

C'est ce que laisse supposer la loi sur les vœux ; Nomb. XXX, 10 dit que ce n'est que « *veuve* » qu'elle sera libre de toute autorité pour les accomplir ; tandis que tant qu'elle sera sous la puissance paternelle ou maritale, son père ou son mari pourront s'opposer à leur accomplissement dès qu'ils en auront connaissance.

Elle est donc sous la dépendance de quelqu'un pendant la plus grande partie de son existence ; mais, malgré cela, sa position n'est pas aussi inférieure par rapport à celle de l'homme qu'elle l'était chez certains autres peuples de l'Orient.

Suivant la tradition de Gen. II. 20-24, il est aisé de reconnaître qu'il y avait une tendance à lui accorder une position bien plus élevée que celle qu'elle avait ailleurs. La femme y est représentée comme une portion de l'homme, créée pour être son aide et entièrement semblable à lui. L'auteur de ce passage semble même vouloir établir l'égalité de l'homme et de la femme par le rapprochement des termes qu'il emploie pour les désigner.

Or cette tradition n'a pu se former et s'établir que chez un peuple où la femme jouissait, malgré tout, de beaucoup d'indépendance, et où sa dignité était reconnue. A cette dignité et à cette liberté, l'antiquité hébraïque entière rend les plus éclatants témoignages (1). Et tous les exemples que l'on peut en fournir, prouvent que l'indépendance de la femme avait de profondes racines dans les mœurs des Hébreux.

Cette position particulière aurait dû, semble-t-il, exclure la polygamie. Elle n'a pas eu ce résultat, il est vrai, mais n'est-ce pas peut-être grâce à elle que la polygamie n'a été qu'une exception, tandis que la monogamie était la règle générale ? En effet, qu'on parcoure la Bible et particulièrement le livre des Proverbes (2), on restera convaincu qu'un peuple, qui avait de tels adages, ne pouvait reconnaître pour état normal la polygamie et la vie oisive et immorale des harems ; il faut donc en conclure que, si plusieurs rois et notamment Salomon ont donné l'exemple de la polygamie et ont tenu des harems, ils se sont mis en opposition flagrante avec les mœurs de la nation.

---

(1) Voyez par exemple : Exode XV 20; Juges IV ; XXI 21 ; I Sam. XVIII 6-8 ; I Sam. XXV 14-37 ; II Sam. VI 20 ; II Rois, IV 22-24; XXII 14, etc.

(2) Prov. V 8 ; VI 26 ; XII 4 ; XIX 14 ; Psaume CXXVIII 3, Malachie II 14. De plus certaines lois du Pentateuque paraissent également supposer la monogamie comme la règle commune. On peut citer par exemple : Deut. XX 7, XXIV 5, XXV 5.

M. Salvador (1), dans son étude sur les lois hébraïques, fait remarquer « qu'au retour de la captivité de Babylone, les femmes possèdent une place qui leur est expressément reconnue dans l'alliance ; comme les hommes, elles prêtent le serment d'adhésion. De plus, ce sont elles qui transmettent aux enfants leur condition sociale : ainsi le fils d'un esclave et d'une femme libre avait tous les droits et les privilèges d'un juif, c'était un homme libre. » (2)

D'après ces principes, on comprend que les femmes, qui manifestaient une intelligence supérieure, n'aient pas été exclues des fonctions publiques et que parfois elles aient eu toute l'autorité d'un prophète. Ainsi Hulda la prophétesse fut consultée par des rois ; l'illustre Débora, guerrière et poète, fut juge suprême en Israël ; plus tard, la mère du roi Asa fut déclarée régente ; plus tard encore, la femme d'Ircan Macchabée fut appelée à remplir cette fonction par le testament de son époux ; enfin la veuve d'Alexandre Jannée porta le sceptre pendant près de dix ans. — Ce sont ces exemples qui ont amené M. Salvador à dire, au même endroit de son ouvrage : « Bien que la polygamie et le divorce fussent tolérés, l'état des femmes chez les Hébreux n'a jamais rien eu de comparable à celui dont on se fait l'idée en pensant aux femmes de l'Orient. Elles remplissaient le rôle de véritables citoyennes, soumises à ce titre aux conditions exigées par leur propre nature, par l'intérêt de la patrie, par l'intérêt sanitaire et les circonstances ». « Libres par les lois, comme a dit Montesquieu, mais captives par les mœurs. »

En Chaldée, comme aussi plus tard à Rome, après l'apparition de la loi des XII Tables, la femme, après avoir été le patrimoine du père, devenait celui du mari ; l'un et l'autre avaient sur elle droit de vie et de mort. En Grèce et particulièrement à Athènes, pour n'être pas si dure, sa position n'était guère meilleure. En Judée, au contraire, loin d'être

---

(1) Salvador : *Histoire des Institutions de Moïse*, Paris 1862, II. p. 133 et suivantes.

(2) Salvador : *loc. cit.* p. 133. — Maïmonide *Acta reg. et bello*, cap. I. — Faudrait-il chercher la raison de cette transmission des droits par la femme dans l'*Ancien droit des mères* ? Nous ne le croyons pas, car il semble bien, pour tout ce qui est dit de la femme dans l'A. T. ou dans les monuments de la littérature postérieure, que c'est à la femme en tant que femme que ces droits sont reconnus.

considérée comme un être inférieur, elle était presque l'égale de l'homme. Et s'il n'en avait pas été ainsi, continue M. Salvador, « Salomon et ses imitateurs n'auraient pas rappelé sans cesse à l'homme ses devoirs envers elle. Ils n'auraient pas dit : qu'une femme bonne vaut mieux que tout ce qui existe, qu'elle prolonge la vie de son époux, qu'elle est pour sa maison comme le soleil pour le monde. »

La femme avait donc dans la vie, dans l'Etat, dans la famille une certaine autorité.

Dès lors il est évident que dans le mariage la femme n'aura pas seule, vis-à-vis de son mari, des devoirs à remplir, mais qu'elle aura aussi certains droits reconnus et sanctionnés par la loi.

Terminons ce rapide exposé en disant que, par la position faite dans l'ancienne civilisation hébraïque à la femme, celle-ci apparaît, dès le commencement, sinon comme l'égale complète de l'homme, du moins comme sa compagne qui l'aidera dans toutes les choses de la vie. De tout ceci, il résultera pour elle une certaine liberté, qui s'étendra jusqu'au choix de son époux, comme l'affirment certains passages très anciens de l'histoire juive.

Nous examinerons à présent tout ce qui a rapport au mariage et à ses différents modes dans les traditions juives conservées tant dans les écrits bibliques que dans les ouvrages plus récents. Nous retrouverons dans ceux-ci des usages qui remontent, selon toute probabilité, à la plus haute antiquité, car les législateurs, n'ayant laissé aucune loi précise sur les cérémonies à accomplir, devaient s'en être tenu à celles qui existaient déjà.

Pour plus de clarté, nous suivrons dans l'exposé de la législation hébraïque l'ordre généralement adopté par les juristes.

§ 2. — *Formalités préliminaires : Fiançailles, Contrats.*

Nous devrions peut-être parler du consentement du père ou des personnes ayant droit de puissance avant de traiter des fiançailles et des modes de mariage ; mais, comme cette question appartient aux conditions de validité du mariage, nous dirons seulement ici, pour ne pas nous répéter, que ce consentement était requis pour rendre le mariage légal.

Quand le consentement du père avait été obtenu, on procédait aux fiançailles. Cette coutume, en effet, d'après certains passages du Pentateuque (Exode XXI 9. Deutér. XX 7. XXVIII 30) a dû exister chez le peuple juif.

L'Ancien Testament cependant ne donne pas de renseignements précis sur la façon dont celles-ci étaient contractées. Si l'on veut en avoir, il faut recourir aux livres postérieurs et aux écrits des Rabbins ; mais ceux qu'ils nous fournissent sont certainement fort précieux, puisqu'un des caractères distinctifs du juif est de conserver intactes, autant que possible, les traditions de ses pères. En conséquence, on pourra admettre sans invraisemblance que ce qu'ils nous ont transmis comme coutumes anciennes, reproduit, sinon complètement du moins en partie, de vieux usages.

Les auteurs juifs rapportent qu'il y avait plusieurs façons de contracter mariage, dont trois surtout étaient fréquemment employées. L'une consistait à remettre aux parents une pièce d'argent ; une autre se faisait au moyen d'une convention écrite passée entre les deux parties : la troisième enfin par l'acte conjugal lui-même. « *Nummulo dato, pactionis libello, concubitu* », dit Selden dans son *Uxor Hebraïca* (II 1), la Mischna : « *Argento, scriptura, coitu* » (1).

Le Pentateuque paraît ignorer ces trois modes de fiançailles, ou du moins il ne dit rien de précis sur ce qu'on avait l'habitude de faire . Pourtant on ne saurait conclure de ce silence qu'aucun de ces procédés ne fût en usage. Néanmoins, quant au dernier mode, on ne conçoit pas assez quelle différence il y avait entre lui et le mariage proprement dit, pour que les législateurs en eussent permis si longtemps l'existence, s'il avait cours. (2)

Reste enfin le second mode, celui d'après lequel les fiançailles se contractaient au moyen d'une convention écrite. Celui-ci est mentionné dans un des livres apocryphes de l'Ancien Testament, au chap. VIII de l'Histoire de Tobie. Il y est dit en effet que Raguel, après avoir béni les deux jeunes gens, « *dressa le contrat* », et fit ensuite préparer le festin de

(1) Selden *Uxor Hebraïca* II. 1. — Voir Salvador, *loc. cit.*, Pastoret, *loc. cit.*, art. *Fiançailles.*

(2) On verra cependant dans le § suivant, qu'à l'époque patriarcale la cohabitation semble seule avoir validé le mariage. Par conséquent, les fiançailles, s'il y en avait, n'avaient aucune valeur légale ; c'était une simple formalité comprenant peut-être certaines promesses, mais rien de plus.

noce. De la façon dont le fait est rapporté, on peut conclure
que ce mode devait être assez commun en Judée et peut-être
même le plus généralement employé à une certaine époque (1).

Cet acte, d'après ce qu'en dit Selden (2), devait, dans une
première clause, exprimer le consentement des futurs époux.
On inscrivait ensuite la promesse et le montant de la dot fournie par le mari, considérée comme le prix de la virginité.
En 3e lieu figurait la parole donnée par le mari de répondre, tant
pour lui que pour ses héritiers, des obligations qu'il aurait
contractées, et enfin de remplir à l'égard de son épouse tous
les devoirs imposés dans ces sortes de contrats envers les
femmes israélites. Cet acte, pour avoir une valeur légale, devait
être signé par trois témoins.

A coté de ces sortes de fiançailles, il y avait encore celles
que Selden appelle « conditionnelles » et celles contractées
« par procuration » (Gen. XXIV 3, 7, 8, 37, sq.) Mais, quel
qu'en fût le mode, la formule devait toujours être la même :
elle devait exprimer la possession que le mari avait de la
femme et non celle que la femme avait de son mari (3). Les
Rabbins furent même de l'avis qu'il fallait prononcer la nullité
d'un contrat, si le pronom possessif employé s'adressait, non
plus au jeune homme, mais à la jeune fille. Par contre le mari,
s'il avait des droits incontestables sur la personne de sa
femme, n'en avait aucun sur les biens qui lui appartenaient.
Elle en était seule maitresse ainsi que de ceux reconnus
par le contrat. Elle pouvait en disposer à sa guise, et ils lui
revenaient en cas de divorce. Ces biens étaient réellement

(1) On pourrait alléguer, il est vrai, que ce livre ayant été écrit sans doute
à Alexandrie, les auteurs auraient pu emprunter à l'Egypte des coutumes
ignorées en Judée. Pourtant il est à remarquer aussi que ces livres ont été sinon
composés, tout au moins traduits en grec par les Juifs ; conséquemment on
peut admettre, sans invraisemblance, qu'ils ont rapporté des coutumes en usage
aussi en Palestine. (Pour plus de détails sur la façon dont fut faite la traduction des LXX, consulter la thèse de M. Bost : *Etude critique sur la version
des LXX*, Montauban, 1859.)

(2) Selden : *Uxor Hebraïca*, II. 2 et II. 5.

(3) On croirait presque que les Rabbins, en écrivant cette phrase restrictive,
aient eu connaissance des abus qui s'étaient introduits dans les coutumes
égyptiennes par le régime contractuel et que dut réprimer le roi Philopator
par son *Prostagma*. Ces abus faisaient dire, en effet, à Diodore de Sicile « qu'en
Egypte, ce n'est pas la femme qui appartient à l'homme, mais bien l'homme
qui appartient à la femme. »

sa propriété, puisqu'elle avait le droit de les réclamer si la mort frappait son fiancé.

Si les fiançailles étaient conclues au moyen d'un contrat, qu'était-il primitivement? L'Ancien Testament ne le dit pas. Un seul passage, Exode XXI 10-11, semble y faire allusion quand il recommande au fiancé « *de ne rien retrancher à la nourriture, au vêtement et au droit conjugal* » de la femme qu'il a épousée en premières noces. N'y aurait-il pas là l'indication que, pour conclure le mariage, on réclamait déjà certaines promesses qu'on ne pouvait pas ne pas tenir?

On peut le penser, car la législation rabbinique à laquelle il faut avoir recours pour trouver des renseignements précis sur la formule et les principes du contrat de mariage chez les Hébreux, voulait la mention de ces trois clauses dans un acte de fiançailles.

Dans son « *Uxor hebraïca* », Selden donne la traduction d'un passage de la Mischna (1. III. préface), d'après lequel le comte de Pastoret a pu rétablir un modèle de contrat que voici :

« En l'année ... le jour ... du mois de ... X... fils de ... a dit « à N ... fille de ... : Deviens mon épouse selon la loi de Moïse « et d'Israël. Je promets de *l'honorer*, de *pourvoir à ton entre-* « *tien*, à ta *nourriture*, à tes *vêtements*, suivant la coutume des « maris hébreux qui honorent leurs femmes et qui les entre- « tiennent comme il convient. Je te donne d'abord ... la « somme adjugée par la loi (1), et te promets, outre des « aliments, des habits et tout ce qui te sera nécessaire, « *l'amitié conjugale*, chose commune à tous les peuples du « monde. — N ... a consenti à devenir l'épouse de X ... qui « de son plein gré, pour former un douaire en rapport de ses « propres biens, ajoute à la somme précédemment indiquée, « la somme de ... » (2)

Tel est le modèle des contrats qui devaient précéder tout

---

(1) Cette somme adjugée par la loi ne serait-elle pas celle à laquelle paraît faire allusion Osée III. 2. 3. ? Il se pourrait bien que le prophète, en nous racontant son mariage, nous dise ici quelle était la somme réclamée par la loi, tout au moins comme *minimum*, car, vu le caractère de la femme qu'il épouse, Osée n'avait pas dû lui reconnaître un douaire plus important que celui réclamé par l'usage.

(2) Mischna T. III. *préface de Surhenusius ;* Selden, *loc. cit.* liv. II. chap. X. C. de Pastoret : *loc. cit.* « Des Fiançailles ».

mariage. Ils devaient être faits entre les deux parties quelque temps avant le jour fixé pour la noce et signé par trois témoins.

M. Rabbinowicz, dans son *Traité sur les lois civiles du Talmud* (Paris 1880, I. p. 184), rapporte « que l'on doit donner à une vierge le délai d'une année à partir du jour où son fiancé l'a engagée à se préparer au mariage. Une veuve au contraire n'a droit qu'à un délai de 30 jours. Si le terme arrivé, le mariage n'avait pas lieu, le fiancé devait nourrir et entretenir la femme quand même. »

Il est vrai qu'il ne résulte pas de tout cela qu'il en fut ainsi à l'époque biblique ; pourtant la Gémara au traité *Khetouboth* fol. 57, citée par M. Rabbinowicz, appuie cette loi sur un passage de la Genèse (Gen. XXIV 55). Il n'est parlé que d'un espace de 10 jours, et encore n'est-il pas accepté par Eliézer. Cependant on ne pourrait conclure du départ immédiat de la fille de Béthuel que la coutume n'existât pas. La hâte qu'il avait d'aller annoncer à son maître l'heureuse issue de ses négociations pourrait en quelque mesure expliquer son refus d'accéder à la demande des parents.

Cet exemple emprunté à la vie patriacale n'a guère de valeur pour le but que nous poursuivons, car il ne prouve pas ce qui se faisait plus tard. Mais de son côté la législation hébraïque semble établir un intervalle entre le jour des fiançailles et celui de la noce. En disant : « *Celui qui a fiancé une femme et ne l'a point encore prise* », le Deutér. (XX. 7.) laisse, en effet, supposer qu'il devait y en avoir un. Quelle était sa durée ? Il ne le dit pas ; mais, à cause de son silence même, rien n'empêche d'accepter ce qu'affirment les Rabbins. Si le Deutéronome ne dit rien des fiancés ordinaires, il dit clairement XXI 13., « *que celui qui voudra épouser une prisonnière* » devra lui laisser un mois pour se préparer au mariage, « *pour pleurer son père et sa mère.* » Il paraîtrait donc que la coutume d'attendre un temps assez long entre les deux cérémonies fût en vigueur en Judée, puisqu'on accordait ce privilège à une femme qui n'était après tout qu'une esclave.

Pour terminer, il reste à parler d'une clause qui, pour n'avoir pas été indiquée dans le formulaire cité plus haut, pouvait cependant y figurer parfois. Il s'agit de la mention d'une dot qu'une jeune fille riche pouvait apporter à son époux. Ici la différence entre le droit hébreu et ceux des autres nations orientales se fait plus nettement sentir encore. Cette dot n'appartient en aucune façon à l'époux, il n'a droit qu'à l'usufruit. Michaëlis est porté à croire que cette coutume remonte à la plus haute antiquité. C'était en quelque sorte le trousseau de la jeune fille, Le père lui donnait tout ce qui lui était nécessaire, jusqu'aux esclaves femmes exclusivement attachées à son service.

Quoiqu'il en soit, ces sortes de dot ne sont que des exceptions; car le douaire était toujours fourni par l'époux : « L'homme épouse, dit la loi, après avoir donné à sa fiancée la somme obligatoire ». (1)

« Les motifs probables de cette coutume, dit M. Salvador, étaient que l'homme, ayant reçu en partage la force physique et l'activité d'esprit avec lesquelles on obtient les richesses, devait les apporter lui-même dans la famille. Le douaire, qui revenait à la femme en cas de séparation ou de mort, était comme un dédommagement naturel pour sa jeunesse et sa beauté, qui sont chez elle ce que la force est pour l'autre sexe. Cette disposition devenait enfin indispensable pour maintenir la grande division des propriétés, principe fondamental de l'économie politique, et la dot provenant du mari paraissait plus tard tellement fondée en droit aux jurisconsultes hébreux, qu'ils imposèrent l'obligation à tout individu « de ne pas rester une heure entière seul à seul avec la personne dont il voulait faire son épouse sans l'avoir constituée ». (2)

§ 3. — *Des différents modes de mariage.*

Quel était le mode de mariage employé chez les Hébreux ? C'est là une question difficile à résoudre et sur laquelle les auteurs diffèrent d'opinion.

Pour les uns, en effet, le mariage est un contrat ou plus exactement une sorte de marché conclu entre les parents des deux époux. Le douaire, le *mohar*, que le père de l'épouse reçoit en échange de sa fille, en est le prix. A cette opinion, on peut objecter que si le mariage est une vente, une forte atteinte est portée à la liberté de la jeune fille ; sa personnalité

(1) Rabbinowicz, *loc. cit.* T. I. « Des Contrats ».

(2) Salvador, *loc. cit.* p. 230, citant Mischna T. III. « *De uxore adulterio suspecta* ».

disparaît, elle n'est plus traitée que comme une chose, une esclave, ce qui est contraire aux mœurs hébraïques, comme on a pu le voir jusqu'ici.

Les autres, au contraire, seraient disposés à ne voir dans le douaire qu'un présent offert par l'époux à sa fiancée, mais ce qui ne le dispensait pas toutefois du devoir de faire également des présents, *migdanoth* ou *mathan*, aux parents et aux amis de son épouse. Les partisans de cette opinion, parmi lesquels se trouve Œhler, citent deux passages à l'appui de leur thèse : Gen. XXIV 53 et XXXIV 12, où le serviteur d'Abraham semble bien offrir des cadeaux et non pas payer la fille de Bethuel, et où Sichem, désirant obtenir la main de Dina pour son fils, offre de donner la dot et les présents que les fils de Jacob exigeront.

Ces deux manières de voir peuvent être également soutenues, car une foule de passages parlent en faveur de la notion de prix et de marché, tels que : Exode XXII 16, Deutér. XXII 29. I. Sam. XVIII 25. etc. — On pourrait cependant expliquer les deux premiers en voyant dans ce prix une amende imposée au suborneur, comme cela se fait du reste de nos jours en Angleterre, dont la loi condamne un séducteur à épouser la jeune fille ou à lui donner une indemnité. Il ne nous semble pas non plus que ces trois passages soient aussi explicites en faveur de la notion du marché qu'on veut bien le dire ; car on pourrait très bien n'y voir aussi qu'une allusion au présent ou à la dot que le mari doit fournir. Quant à Exode XXI 7. nous ne nous y arrêterons pas, car il se rapporte plutôt à la condition de l'esclave en Judée. (1)

(1) Michaëlis, *loc. cit.* II. p. 85, qui voit dans le mariage un achat et une vente en s'appuyant particulièrement sur Gen. XXIX 15-25, XXXIV 12, et Osée III 1-2., reconnaît pourtant, en comparant les coutumes israélites aux coutumes syriennes et arabes, que cette coutume n'a pas toujours existé, et il croit en trouver la raison dans le fait que chez les Hébreux cette habitude ne provenait pas de la tolérance de la polygamie : « En effet, dit-il, là où la polygamie est habituelle, il n'y aura pas beaucoup de jeunes filles libres, et l'homme qui voudra avoir une femme devra consentir à s'en procurer une à prix d'argent. Mais si, au contraire, cette coutume n'est pas ordinaire, la vente des filles cessera, car le père qui aimera après tout savoir sa fille heureuse et bien fournie de tout, ne discutera pas sur le prix de sa vente et lui donnera même quelque chose. C'est ce qui fait qu'aujourd'hui chez les Juifs il n'y a plus de véritable vente de la jeune fille ou d'achat de la femme, bien que dans leur mariage on trouve encore le semblant d'une vente ; mais cette coutume n'est plus qu'un acte cérémoniel. »

On peut, en tous cas, retenir ceci des passages cités : c'est que l'époux devait verser une somme au père de la fiancée ou peut-être à la fiancée elle-même. Cette somme pouvait varier en importance, mais jamais cependant être inférieure à un prix indiqué par la loi. En effet, la somme réclamée par les livres mosaïques paraît être un minimum au-dessous duquel on ne pouvait aller, mais qu'il était permis de dépasser. Ce prix basé sur la valeur ordinaire d'un esclave, paraît s'être élevé à 30 sekels d'argent. (Exode XXI 32) C'est ce que confirme Osée III 1. 2. quand il rapporte qu'il eut sa femme contre 15 sekels d'argent et 15 éphas d'orge, c'est-à-dire la moitié du prix en espèce et l'autre en nature.

Si tel était le prix, il était alors nécessaire, vu sa modicité, que le législateur indiquât dans sa loi le montant de l'amende qui serait infligée dans le cas où une jeune fille, pour telle ou telle raison, la faute d'un individu par exemple, se trouverait dans l'impossibilité de contracter une autre union que celle à laquelle elle était forcée (Exode XXII 16. 17.). L'homme était obligé d'épouser la jeune fille et de payer au père une taxe de 100 sekels d'argent. (Deutéronome XXII 19.)

En résumé, on voit qu'il est fort difficile de se prononcer entre les deux opinions également soutenables et soutenues ; pourtant ne pourrait-on pas conclure autrement qu'on ne l'a fait jusqu'à présent ? — Pour nous, nous sommes portés à croire qu'il existait plusieurs manières de contracter mariage, dont deux principales : l'une qui consistait à indemniser la famille de la perte qu'on lui faisait subir en lui enlevant un de ses membres, particulière à l'époque patriarcale et provenant peut-être des coutumes établies sur les bords de l'Euphrate ; et l'autre, la plus noble, relevant la femme en lui assurant une place plus honorée dans la famille, qui consistait à offrir un présent à la fiancée et à sa famille. Ce dernier mode partant d'un principe tout autre que le précédent devait en conséquence provenir d'une influence étrangère.

En tous cas, d'après le peu que dit le Pentateuque, on ne peut certifier absolument que le douaire doive être, à toutes les époques, comparé au prix d'une vente. On peut à ce propos rappeler un mot aussi juste que spirituel de M. Salvador : « c'est que si l'on concluait de ce fait, que les Hébreux achetaient leurs femmes, il faudrait conclure de nos coutumes que les femmes actuelles achètent leurs maris. »

Toujours est-il que le mariage israélite, aussi bien à l'époque biblique qu'à l'époque talmudique, se distingue avantageusement de celui des nations environnantes. Cette différence ne consiste pas en de certaines cérémonies ou en une solennité extraordinaire, mais en des lois et des coutumes spéciales à la société hébraïque.

La loi, comme on l'a vu, ne donne rien de précis à ce sujet ; sur bien des points elle reste même silencieuse. On dirait, comme le pense Michaëlis (II 89), « que le législateur a voulu s'en tenir à ce qui existait alors et laisser à l'avenir le soin d'établir les coutumes qu'il lui semblerait bon de prendre (1).

Voici seulement ce que l'on sait :

La noce se célébrait pendant sept jours parce que toutes les fêtes duraient presque toujours une semaine. Dans les occasions extraordinaires elle pouvait durer quatorze jours comme la noce de Tobie (VII), par exemple. Mais il n'y avait rien de fixe à cet égard, la durée des fêtes et leur solennité étaient laissées à l'appréciation de chacun.

Des solennités religieuses, il n'en est fait mention ni dans la Bible, ni dans les écrits apocryphes. Si elles avaient existé, le récit des noces de Tobie si détaillé en aurait certainement parlé. On peut donc conclure de ce silence que le mariage était purement civil. Le Talmud, au reste, ne reconnaît pas d'autre façon de le contracter : qu'un individu fasse un contrat de mariage avec une femme, que ce contrat soit revêtu des signatures de deux témoins laïques, et la femme est épouse légale sans l'intervention d'un prêtre ni l'accomplissement d'aucune cérémonie religieuse.

Si le mariage hébreu ne consistait qu'en un *mariage civil* (2), en quoi donc se distinguait-il de celui des autres nations ?

C'était par les deux lois suivantes :

1° Chez les antiques nations asiatiques le mariage devenait valable uniquement par la cohabitation. Il n'était rendu irrévocable par aucun acte de mariage, ni par aucune cérémonie tant que la cohabitation n'avait pas eu lieu. C'était ce qui se

(1) Ce silence s'expliquerait mieux encore si l'on suppose l'existence d'une législation civile qui aurait traité de toutes ces matières. Les auteurs des sources du Pentateuque en ayant connaissance, n'auraient rapporté que ce qu'à leur idée il convenait de changer.

(2) Nous n'employons cette expression, trop moderne peut-être, qu'à défaut d'une autre qui puisse mieux rendre notre pensée.

passait du temps des patriarches : Jacob ne peut pas réclamer Rachel après la ruse de Laban, bien qu'il ait accompli toutes les cérémonies alors en usage (Gen. XXIX 22). Léa était bel et bien sa femme, et malgré la supercherie du beau-père, il ne peut faire invalider son mariage (v. 25-27).

Ici encore le Talmud donne des renseignements précieux. Après avoir indiqué que la cohabitation validait seule un mariage aussi bien chez les païens que chez les Patriarches, M. Rabbinowicz (1) continue en disant que dans la société hébraïque il n'en était plus ainsi après la promulgation de la loi. « Les femmes devenaient en effet épouses légitimes long-temps avant la cohabitation, par un acte légal passé entre elles et leurs maris. Dans l'intervalle, c'est-à-dire entre le jour où avait été signé le contrat et celui où on célébrait le mariage, on leur donnait le nom d'*aroussah* (2). Dès ce moment, elles avaient tous les droits d'une épouse et le mariage ne pouvait être rompu que si le mari donnait la lettre de divorce. »

D'un autre côté, si l'une d'elles devenait infidèle sans avoir reçu cette lettre de divorce, elle subissait la même peine qu'une femme mariée coupable d'adultère (Deutér. XXII 23-24.) En outre cette jeune fille avait la dot *(Khethoubah)* comme une femme légalement mariée dont le mari était mort ou avait divorcé, si son fiancé rompait le contrat ou venait à mourir.

Cet acte de mariage, dressé avant la cohabitation et exigé par la loi, établit donc la grande différence entre la législation hébraïque et celle des autres nations asiatiques. Que cette loi n'existât pas avant l'établissement d'Israël en Palestine, c'est ce qui ne peut être mis en doute, autrement Rachel aurait été la fiancée, puis la femme de Jacob malgré les ruses de Laban. Cette coutume n'a donc pu être établie qu'après Jacob, et cependant elle semble avoir dû exister avant la promulgation de la loi du Pentateuque, car bien que cette législation n'en parle pas expressément, elle laisse pourtant supposer que le mariage était validé par le contrat (3). Il nous sera peut-être

(1) Rabbinowicz *loc. cit.*, traduisant *Kidouchim* fol. 66 et 68 recto.

(2) Le terme d'*aroussah* n'est pas employé dans l'Ecriture sainte, la Bible ne connait que celui de *méorasah.*

(3) En effet, par ce que le Pentateuque dit des fiancés, il semble que les jeunes filles doivent se considérer dès leurs fiançailles comme les épouses de ceux qu'elles ont acceptées.

possible de découvrir plus tard l'origine de cette coutume.

2° La seconde loi reconnue par la société hébraïque exigeait qu'il y eut entre le jour du contrat et celui de la noce un espace de temps que le Talmud fixe à 12 mois. Pourquoi cette exigence ? C'était sans doute dans le but de donner à cet acte une très grande importance, d'en montrer toute la force et toute la valeur.

On comprend, en effet, que si le contrat de mariage s'était fait le jour même de la noce, tout le monde aurait été amené à le considérer dans la suite comme une chose accessoire, une simple formalité, n'ayant qu'une valeur relative et ne servant qu'à faire connaître le sens de l'acte qui allait s'accomplir. Il était donc nécessaire d'en montrer l'importance, surtout à une époque où toutes les nations voisines considéraient la cohabitation comme le seul acte validant un mariage.

Ainsi le mariage hébreu avait une valeur légale qu'on ne lui trouve ni en Chaldée ni en Phénicie, ni même à Rome. Il était réglé de telle façon que le sort de la femme ne dépendait pas du caprice de son mari. Le contrat faisait sentir aux deux époux la solennité de l'acte qu'ils accomplissaient et ni le mari, ni la femme n'auraient osé l'enfreindre ou manquer à leur foi.

On peut dire de plus qu'à côté de cette valeur légale, le mariage en avait une autre non moins grande qui en faisait un état sacré et voulu de Dieu. Le mariage seul, en effet, permettait à l'Hébreu d'éviter le terrible châtiment de l'Éternel : « mourir sans laisser de postérité. » Que cherchait-il dans une union ? Non pas un accroissement de fortune, puisque lui-même fournissait la dot, mais un état où il sentirait la bénédiction de Dieu reposer sur lui (Gen. I. 28), où il aurait des fils qui perpétueraient son nom et sa race en Israël. Dès lors, le mariage reposant avant tout sur un devoir religieux, auquel personne ne pouvait se soustraire, devait être réglementé et protégé par les lois. (1)

---

(1) C'est ici qu'il nous faudrait parler de la façon dont la polygamie était réglementée par la loi, et des égards dus à toute *épouse d'un rang inférieur*, ainsi que des *serves* accordées par un père à son fils encore jeune. Mais comme cette partie du droit n'est pas tout à fait nécessaire au but que nous poursuivons, nous ne l'étudierons pas pour ne pas trop nous étendre.

CHAPITRE II.

CONDITIONS DE VALIDITÉ DU MARIAGE

Généralement les ouvrages des juriconsultes, ou même les livres de droit actuels, réunissent sous 4 articles les conditions requises pour la validité du mariage : le consentement des époux, l'aptitude physique, les aptitudes légales autrement dit le « *jus connubii* » et le consentement des personnes ayant le droit de puissance.

Comme pour les deux premiers articles le Pentateuque ne donne pour ainsi dire pas de renseignements, nous ne nous y arrêterons que fort peu. Nous dirons seulement ceci : du moment que le mariage ne peut être assimilé à une vente, et que la femme mariée possède certains droits et certains privilèges, le consentement de la fiancée devait être nécessairement requis. Mais puisqu'il n'y avait pas de cérémonies religieuses équivalant à notre acte de l'état-civil par exemple, à ce procès-verbal des questions et des réponses faites dans un lieu voulu et qui donnent au consentement des époux toute la publicité désirable, comment était-il exprimé ? C'était par le contrat de mariage lui-même.

En effet, si on se souvient du modèle de l'acte reconstitué par le comte de Pastoret, on voit qu'il y est dit en parlant de la femme : « N.... a *consenti* à devenir l'épouse de X.... » — Elle manifeste donc sa volonté de prendre X.... pour époux, et la présence de cette parole dans l'acte suffit à donner à son consentement toute la publicité voulue.

Quant aux aptitudes physiques, c'est-à-dire l'âge de la puberté, comme il n'en est rien dit dans le Pentateuque, peut-être agissait-on en Palestine à cette époque comme on agis-

sait autrefois chez tous les peuples : on laissait aux parents
le soin de constater quand les jeunes gens étaient d'âge
à remplir les fonctions du mariage. Cependant la même
préoccupation qui poussa tous les juristes à établir un âge
légal, amena aussi les législateurs hébreux à le faire, puisque
la Mischna et le Talmud fixent comme âge légal pour les filles
celui de 12 ans et pour les garçons celui de 15 ou de 16.

§. 1. — *Les aptitudes légales au mariage.*

Sur ce point plus que sur tout autre et avec un rigorisme
que l'on comprendra plus tard, le législateur entend que le
peuple d'Israël ait une supériorité marquée sur les Egyptiens
et les Cananéens. Elle tient à en faire un peuple à part, un
peuple qui ne suivra en rien les usages de ceux au milieu
desquels il a vécu, ou au milieu desquels il va vivre (Lévitique XVIII 3. ; XX 23.). Il veut que l'on reconnaisse en lui le
peuple de Jahvé.

La loi ne fait aucune distinction, pour les empêchements au
mariage, entre la parenté par consanguinité ou par affinité ;
elle les défend également. Les passages principaux fournis
par le Pentateuque sur cette matière sont les suivants : Lévitique XVIII 6-18. ; XX 11-21. et Deutér. XXVII, 20-23.

S'approcher d'une personne du même sang que soi est une
abomination aux yeux de l'Eternel, tel est le principe que
pose Lévit. XVIII 6. au sujet des unions entre parents. En
conséquence, dit Œhler(1), il faut considérer comme interdites
les unions entre parents et enfants, entre grands-parents et
petits-enfants, entre frères et sœurs, qu'ils soient ou non du
même lit. Ceux qui se rendaient coupables de semblables
unions étaient punis de mort. (Lévit. XX 17. Deutér. XXVII
22.) Il n'en est pas de même pour les rapports qu'un neveu
pouvait avoir avec la femme de son oncle paternel ou maternel, il en est dit seulement « qu'ils sont sous le poids de leur
faute et qu'ils seront sans enfants. » (Lévit XX 19-20.) On a
pensé aussi que d'après II Sam. XIII 13. un frère pouvait
épouser sa demi-sœur, puisque Tamar paraît promettre à
Amnon qu'il obtiendrait sa main de David. Mais nous ne
croyons pas qu'on puisse tirer quelque chose de précis d'une
parole prononcée en de telles circonstances.

(1) Œhler, *Théologie de l'Ancien Testament,* p. 328 à 331.

Les mariages prohibés pour cause d'affinité étaient les suivants :

On ne pouvait épouser ni sa belle-mère, ni sa belle-fille, ni la seconde femme de son père, ni la fille ou la petite-fille de la seconde femme de son père. Celui qui transgressait la loi était puni de mort et déshonoré, car il mourrait retranché de son peuple. Par contre, on autorisait les mariages avec la veuve d'un oncle paternel ou avec une belle-sœur après la mort du frère ou avec la sœur d'une première femme lorsque celle-ci était morte (1).

Il y avait encore d'autres unions prohibées, mais pour lesquelles le châtiment était moins sévère ; en effet « ils seront sans enfants, » dit Lévit. XX. 20 (2) — Tels étaient les mariages avec la veuve d'un oncle paternel ou d'un frère, excepté cependant le cas où le lévirat s'imposait.

Pourquoi ces défenses ? Serait-ce simplement comme le pense Michaëlis « dans le but de prévenir les tentations de séduction sur des personnes vivant ensemble sous le même toit ? » Nous ne croyons pas que ce soit là le seul motif qui ait inspiré au législateur une telle interdiction ; car sans cela ces unions ne seraient pas représentées comme honteuses, abominables en elles-mêmes, comme des crimes selon l'expression de Lévit. XVIII. 17 ; XX 12 et 13. Nous serions plutôt de l'avis d'Œhler (3) qui ne croit pas qu'il suffise d'en appeler à « l'horreur naturelle que doivent inspirer ces unions ». En effet, les Égyptiens et les Cananéens, au milieu desquels ils avaient vécu ou vivaient encore, contractaient fréquemment de semblables mariages. Il devait y avoir quelque chose de plus. Cet auteur pense que « cette horreur naturelle » ne

---

(1) Lévit. XVIII 18, ne défend en effet d'épouser sa belle-sœur que du vivant de sa femme ; sans doute pour ne pas exciter une rivalité entre deux sœurs et peut-être les porter à se haïr.

(2) Que faut-il entendre par cette menace ? La question est assez difficile à résoudre ; car, ou bien il faut y voir la stérilité complète, comme le veulent certains auteurs, ce qui serait contre les lois naturelles puisque de tels mariages ne sont pas toujours stériles, et alors admettre une intervention directe de Dieu ; ou bien, et c'est plutôt notre opinion, penser avec Michaëlis (Tome V, p. 199), que le mariage n'était pas sans porter des fruits, mais que les enfants ne devaient pas appartenir au père, qu'ils étaient considérés comme les enfants de l'oncle ou du neveu décédés, comme cela se passait dans le lévirat.

(3) Œhler, loc. cit., p. 329.

frappait les yeux de l'Israélite que par suite de l'horreur morale produite précisément par « les défenses solennelles » de la loi. « Le législateur, dit-il, défendit de telles unions parce que les relations matrimoniales entre personnes unies déjà par certains liens de parenté, détruisaient ces liens déjà existants, ce qui ne pouvait être la volonté de Dieu. Car, autre est l'affection qui règne entre les enfants et leurs parents, entre les frères et les sœurs, et autre celle qui règne entre les deux époux. Qu'un père vienne à épouser sa fille ou un frère sa sœur, ou un neveu sa tante et ces premiers liens de famille seront détruits par le nouveau, sans que celui-ci s'épanouisse complètement. » (1)

La même situation n'existait plus pour un oncle vis-à-vis de sa nièce, car l'homme dans ce cas ne perdait ni sa supé-riorité ni sa dignité primitives. Elles se trouvaient au contraire affermies par ce nouvel état ; aussi la loi ne s'y oppose-t-elle pas, pas plus d'ailleurs qu'elle ne le fait pour l'union d'un homme avec la veuve de son oncle maternel, union autorisée sans doute en vertu de l'importance prépondérante des lignes masculines dans les affaires de la famille. (2)

A côté de ces prohibitions purement juridiques, il en existait d'autres qui avaient leur raison d'être dans un motif religieux.

___

(1) Œhler ; *loc. cit.*, p. 330.

(2) Il faut ici établir une différence entre les époques de l'histoire juive. Les Patriarches agissaient comme les peuplades voisines : Abraham avait épousé une demi-sœur, Jacob avait pris Rachel du vivant de Léa, tandis que plus tard de semblables mariages n'étaient plus permis. Saint-Augustin dit (*Cité de Dieu*, XV, 16) « que ces unions furent amenées par des circonstances particulières, sans doute dans le but d'empêcher les patriarches de se mêler à ces popula-tions et de rester ainsi fidèles à Dieu ; tandis que plus tard le législateur, en les prohibant, voulut développer les diverses affections qui doivent exister entre tous les membres d'une famille ». Il y eut cependant une autre cause. Dans toute la loi il est facile de remarquer que le législateur cherche à implanter dans son peuple des préceptes de morale et d'hygiène qui nous font encore admirer son œuvre. Or, au seul point de vue de l'hygiène, il ne fut pas sans s'apercevoir des inconvénients que les mariages consanguins peuvent produire pour l'amélioration de la race. Aussi s'efforça-t-il de les faire dispa-raitre, autant du moins que le lui permettaient d'anciennes coutumes en usage peut-être encore au commencement de la vie civile de son peuple. Du reste, comme on pourra s'en rendre compte dans le courant de cette étude, le légis-lateur eut pour but de retrancher du milieu d'Israël des coutumes que le peuple avait prises pendant son long séjour sur les bords du Nil. (c. f. Œhler, *loc. cit.*, p. 330).

C'étaient celles interdisant l'union qu'un Israélite aurait voulu contracter avec une étrangère et plus particulièrement avec une Cananéenne. On comprend ces interdictions à cause des tristes résultats que de tels mariages auraient pu produire. Non seulement l'époux ou l'épouse aurait pu s'éloigner de Dieu, mais les enfants, sous l'influence du père ou de la mère, auraient pu s'adonner au culte des faux-dieux (Gen. XXIV, 1-4. Exode XXXIV, 16. Deut. VII, 3-6). Il n'est du reste que trop facile de s'assurer, par l'histoire du peuple juif, que le légis-lateur ne se trompait pas sur les suites fâcheuses qu'auraient produites de telles autorisations. L'histoire de Salomon et celle d'Achab en sont des exemples frappants.

Pourtant cette exclusion ne semble pas primitivement s'être étendue indistinctement à toutes les femmes étran-gères (Deutér. XXI 10). Les *beni Israël* pouvaient, sans enfreindre la loi, épouser des femmes d'une autre nation et d'une autre religion, à condition qu'elles abandonneraient leurs faux dieux et adoreraient l'Éternel (Nomb. XII 1. Ruth). Ce ne fut en réalité qu'après l'exil que la loi fut rendue plus sévère et que l'interdiction fut étendue à toutes les femmes étrangères sans distinction (Néhémie XIII 23-27. Esd. IX 10-12).

Enfin, pour terminer, rapportons la loi de Nombres XXXVI 6-9 interdisant à une jeune fille israélite d'épouser un homme hors de sa tribu quand elle était seule héritière des biens paternels. Ce décret s'explique par l'organisation territoriale d'Israël, car si les jeunes filles avaient eu ainsi la faculté de passer par le mariage à une autre tribu avec les propriétés dont elles avaient hérité, l'équilibre économique eût été vite rompu.

§ 2 — *Consentement des personnes ayant le droit de puissance*

Comme dans presque toutes les législations, tant anciennes que modernes, le consentement du père, du chef de famille, était nécessaire pour donner au mariage sa validité.

Dans l'Ancien Testament, il ne se trouve pas de lois qui formulent précisément la nécessité de ce consentement, mais certains passages de l'Exode et du Deutéronome semblent appuyer ce que les Rabbins ont dit à cet égard. En effet, si la loi défendait à un père hébreu de donner à son fils une Cananéenne pour épouse (Exode XXXIV 16, Deutér. VII 3), il fallait qu'elle lui reconnût le droit de donner ou de refuser son consentement. D'un autre côté, si la puissance du père s'exerçait sur son fils dans ce cas particulier, on peut en déduire qu'elle devait aussi s'étendre à tous les autres cas.

A l'époque patriarcale, il en était ainsi puisque le père était tout puissant. Aussi Abraham profite de son droit de père en choisissant la femme d'Isaac, et Isaac de son côté en fait autant pour son fils Jacob (Gen. XXIV 4 ; XXVIII 1.)

A l'époque des Juges on trouve un autre exemple de la même institution : le père de Samson refuse à son fils son autorisation pour le mariage que celui-ci veut contracter avec une Philistine, et ce n'est que pressé par les sollicitations de son fils qu'il finit par donner son consentement (Juges XIV 1 sq.)

Toutefois il faut remarquer que si le père réglait le mariage de ses enfants, s'il pouvait même l'empêcher avec telle ou telle personne, dans telle ou telle circonstance, il ne pouvait jamais abuser de cette puissance pour s'y opposer en général ou pour en retarder l'accomplissement. Le consentement arraché au père de Samson semblerait l'indiquer. Dans son livre déjà cité (p. 179), M. Salvador, en parlant du pouvoir du père sur le mariage de sa fille, dit que le refus de celui-ci devenait illicite alors qu'elle était parvenue à l'âge de puberté fixé par la loi. « Elles appartenaient alors, dit-il en citant Pastoret, plus particulièrement à la société ; la société réclamait d'elles impérieusement l'exécution d'un devoir auquel la puissance paternelle n'avait ni le droit ni la possibilité de les soustraire. »

Il faut donc admettre que le père possédait une certaine autorité dans le choix de l'époux ou de l'épouse qu'il voulait donner à ses enfants. Cependant cette autorité ne fut jamais assez arbitraire pour empêcher à toujours un mariage.

CHAPITRE III.

DES EFFETS DU MARIAGE

Dans tous les pays et pour les mêmes raisons, les législateurs ont été amenés à définir exactement quels seraient les effets du mariage. C'est un acte si important, tant au point de vue de ceux qui le contractent, qu'à celui de la famille à laquelle il donne naissance, qu'il est de tout intérêt que ses effets soient nettement précisés par les lois.

On peut les envisager sous un double aspect : les droits respectifs des époux, et les rapports des enfants avec leurs parents. Ce sera donc à ces deux points de vue que nous envisagerons les effets du mariage chez les Hébreux.

§. 1. — *Droits respectifs des époux.*

A l'époque patriarcale, comme en général chez tous les peuples primitifs, l'empire du père sur ses enfants était absolu. Il était tout à la fois le directeur, le protecteur et le premier magistrat de sa famille. C'était devant son tribunal que se réglaient toutes les affaires ; il condamnait ou absolvait, et son jugement était sans appel. C'est ainsi qu'Abraham chassa de sa tente son fils Ismaël après l'avoir déshérité et retranché du peuple élu (Gen. XXI 10. sq.) ; qu'Isaac marcha vers l'autel en portant lui-même les apprêts de son sacrifice, sans faire entendre une plainte ou sans même demander d'explication (Gen. XXII 9.) ; que Jacob, avant d'entrer dans son pays, contraignit les siens à lui remettre leurs idoles et les fit monter à Béthel pour adorer son Dieu et lui élever un autel (Gen. XXXV 1-4.) ; que Tamar fut condamnée par Juda à l'horrible supplice du bûcher (Gen. XXXVIII 24.).

L'autorité paternelle était absolue ; elle s'étendait même au pouvoir d'attirer sur les siens le bonheur ou le malheur en implorant l'Eternel. Il tenait entre ses mains les bénédictions ou les malédictions divines. Selon sa volonté, il pouvait faire descendre sur la tête d'un de ses enfants la faveur de Dieu et ses bienfaits, ou la ruine et la désolation. (Gen. IX 25-27. XXXIV 25-30. XXXV 22. XLIX 3-7.).

Il n'en fut plus de même après la promulgation de la loi ; il semble en effet que le législateur se soit efforcé de réduire cette autorité à des limites plus raisonnables en ne laissant au père que la direction et l'éducation de ses enfants. Le droit de vie ou de mort n'appartient plus qu'au conseil supérieur des anciens devant lequel doivent paraître le père et la mère du délinquant, accompagnés de deux ou de plusieurs témoins. (Deutér. XXI 19.) « Cette garantie, comme le dit M. Salvador, sans parler des autres garanties ordinaires de la justice et des formalités minutieuses exigées pour ce cas particulier, était sans contredit exclusive de tout abus. » (1)

La soumission des enfants à leur père durait autant que la vie de ce dernier. Un fils ne pouvait rien entreprendre sans l'avis ou l'autorisation préalable du père. Il ne pouvait se marier, vendre ou s'obliger, sans avoir le consentement du chef de la famille. Pour une fille il en était autrement lors—qu'elle était mariée, puisque par son mariage elle passait de la puissance paternelle sous la *manus* de son mari. Le comte de Pastoret trouve tout naturel qu'il en ait été ainsi, « car, si les fiançailles s'effectuaient par achat, le père avait exercé envers sa fille le plus haut degré de sa puissance en la vendant à un autre homme ; ou, si elles étaient conclues par un présent fait au père, celui-ci se trouvait suffisamment indemnisé, par les dons qu'il avait reçus de la perte de cette autorité. »

Cependant pour éviter les abus dont un père aurait pu se rendre coupable, s'il avait pu de sa seule autorité décider du mariage de sa fille, il y avait une ancienne coutume qui voulait que les frères germains fussent consultés pour le mariage de leurs sœurs (Gen. XXIV 50. ; XXXIV 13.). En effet, il aurait pu arriver, par exemple, qu'un père se laissant influencer par les intrigues d'une de ses femmes, qui n'aurait pas été la

(1) Salvador : *Institutions de Moïse*, t. I, p. 177.

mère de l'enfant, lui eût fait contracter une union malheu-
reuse, tandis qu'en mettant cette entrave à la puissance
paternelle, l'avenir de la jeune fille risquait moins d'être
compromis.

Cette coutume semblerait indiquer une certaine indépendance des fils vis-à-vis de leur père ; pourtant s'ils pouvaient
faire entendre leur voix dans les affaires de famille, ils n'en
étaient pas moins soumis à l'autorité paternelle. Tant que
celui-ci vivait, les enfants mâles ne sortaient pas de sa tutelle,
ils ne pouvaient rien faire sans son autorisation ni même avoir
une propriété personnelle. Michaëlis (1) rapporte qu'il ne leur
était permis d'en avoir une du vivant de leur père que si
celui-ci la leur avait cédée librement. Jusqu'à ce moment, le
fils restait attaché à la maison paternelle en qualité de premier
valet, *Grossknecht ;* et s'il se mariait, c'était dans la maison de
son père (2).

Quoiqu'il dût être toujours soumis, un fils cependant pouvait
enfreindre la volonté paternelle s'il recevait de lui un ordre
contraire à la loi de l'Éternel (3) : « qu'un fils n'imite pas le
mauvais exemple de son père, qu'il s'attache aux lois et aux
statuts de son Dieu et il ne sera pas coupable », dit Ezéchiel
XVIII 14-18, car Jéhovah jugera chacun selon ses œuvres.

Pour les filles, tant qu'elles restent chez leur père, elles
semblent avoir joui d'une liberté moindre que celle des garçons. On pourrait le déduire du fait qu'un père pouvait relever
sa fille d'un vœu, ce qu'il n'avait pas le pouvoir de faire pour
son fils. (Nombres XXX 4-6.).

Quoiqu'il en soit, le père en général restait le chef vénéré
et puissant de sa famille, auquel tous devaient le respect et la

---

(1) Michaëlis : *Mosaïches Recht*, vol. II §. 83.

(2) Cet auteur pense qu'on doit regarder cette coutume comme la conséquence naturelle des lois agraires du Pentateuque ; il remarque, non sans
raison, que les ancêtres d'Israël pouvaient se nourrir en dehors de la maison
paternelle, parce qu'ils étaient bergers et nomades, et, comme preuve, il cite
l'exemple d'Esaü et de Jacob à chacun desquels Isaac avait donné un ménage
particulier ; tandis que plus tard, lorsque l'agriculture remplaça l'élevage, il
était plus naturel qu'un père gardât ses fils pour cultiver ses terres. Ce serait
même pour cela, dit-il, qu'une nombreuse famille aurait été considérée par les
Juifs comme la plus grande des richesses. (Psaume CXXVII 3-5 ; CXXVIII 1-6.)

(3) Salvador : *Institutions de Moïse*, t. I., p. 297 ; cf. Talmud de Babylone,
Traité Kidouschim (de Sponsalibus, chap. 1). ·

soumission ; et la famille hébraïque s'offrira toujours à tous comme un modèle d'union.

Les droits de l'épouse, vu la position faite à la femme par la législation hébraïque, étaient loin d'égaler ceux du mari dans les affaires de la famille. Pourtant, s'ils furent limités par ceux du père, ses droits sur ses enfants n'en furent pas moins réels, et le respect, la soumission filiale lui étaient aussi bien dûs qu'au père.

Du temps des patriarches il n'en fut pas ainsi, l'autorité paternelle étant absolue, il était naturel que celle de la mère fût nulle ou à peu près. Ce ne fut qu'après la promulgation de la loi, et nous en verrons la raison plus loin, que la femme sortit de cet état d'infériorité pour prendre dans la famille le rang auquel elle avait droit. En effet, à partir de ce moment là elle est toujours nommée avec le père, et, à la condition qu'elle fût la mère de l'enfant, elle devait être consultée pour ce qui touchait au bonheur de celui-ci. Il en était de même dans toutes les autres occasions : ainsi Deutér. XXI 19-21 indique clairement que le témoignage de la mère était nécessaire pour la condamnation d'un fils rebelle ou désobéissant. « Le père et la *mère*, est-il dit, le prendront et le mèneront vers les anciens de sa ville »... ; il fallait donc qu'elle vînt déposer elle-même, sans quoi les juges n'auraient pas rendu leur arrêt. Mais l'autorité maternelle cessait dès que la femme n'était pas la mère de l'enfant (1). Cette puissance de la femme se manifeste surtout dans les droits qu'elle transmettait à ses enfants. C'était d'elle que ceux-ci recevaient la position qu'ils auraient par la suite dans la société. En effet, dès les premiers temps, le fils suivit toujours la condition juridique de la mère. Naissait-il d'une femme libre et d'un père esclave, la loi voulait que cet enfant fût libre ; était-ce l'inverse qui avait lieu, il était alors esclave.

(1) Certes ce n'était que justice ! A ce propos Michaëlis remarque avec raison qu'il aurait été injuste que, dans une société où la polygamie était permise, un fils eût à obéir en tout à une femme qui, par sa position, était la rivale de sa mère et que, par exemple, un enfant de l'épouse légale dût être entièrement sous le commandement de la servante de celle-ci, parce qu'elle partageait le lit conjugal avec sa mère. Quand, dans le texte hébreu, le législateur parle de soumission ou de désobéissance envers le père et la mère, il faut donc toujours prendre le mot de *mère* dans son vrai sens et non pas dans celui de *belle-mère*: car les Hébreux ne nommaient jamais *mère* la concubine de leur père, ils l'appelaient toujours *femme du père*.

Ce fut sans doute de ce rôle accordé à la femme que naquit cette ancienne coutume qui ne se trouve, à notre connaissance, que dans la législation hébraïque : le lévirat.

Quand un homme mourait sans avoir eu d'enfants, l'usage voulait que le frère du défunt, ou à défaut de celui-ci, son plus proche parent, prît la veuve pour femme et « suscitât ainsi une lignée » au malheureux dont le nom se serait éteint en Israël. Cette coutume, au temps des patriarches, était obligatoire pour le frère du défunt, c'est ce que prouve Gen. XXXVIII 6-9 où Onan, quoiqu'il n'aimât pas sa belle-sœur Tamar, est forcé de la prendre pour femme. Cependant, après l'apparition de la loi, il semble que l'obligation n'ait plus été aussi rigoureuse, puisqu'il était permis au frère de refuser (Ruth IV 1-12). Dans ce cas néanmoins le Deutér. (XXV 5. 7-9.), s'il ordonne de lui laisser sa liberté, le condamne à une sorte d'infamie publique (1).

Seul le premier né de cette union succédait au défunt et prenait son nom. Les autres enfants n'avaient aucun droit à cette succession ; ils restaient les enfants du second mari. Cependant tant que le père vivait, il avait droit tout au moins à l'usufruit des biens de celui qu'il remplaçait et de la dot de sa nouvelle épouse. Il pouvait les gérer à sa guise, mais, selon toute probabilité, à la majorité de l'enfant il ne pouvait y toucher sans l'autorisation de ce dernier ou sans l'avoir averti (2). On pourrait dire en quelque sorte que ce père était tout à la fois le tuteur de son neveu et le régisseur de sa fortune.

---

(1) L'histoire de Ruth (IV 1-12) s'écarte un peu de la loi donnée par le Deutéronome, en disant que ce fut le beau-frère qui se déchaussa et non pas Ruth qui accomplit cette cérémonie. Pourtant, d'après Josèphe (Antiq. V. IX. §. 4), cette cérémonie n'aurait pas été contraire à l'esprit de la loi, et M. Pastoret pense qu'on doit accepter ce récit plutôt que l'autre. En comparant ces deux relations, il arrive aux conclusions suivantes : « Le lévirat n'obligeait que les frères germains ou consanguins et jamais les frères utérins ; si le mort laissait plusieurs femmes, il suffisait d'en épouser une ou de la refuser publiquement ; s'il n'y avait qu'une veuve et s'il restait plusieurs frères, ils étaient tous dégagés par le choix ou le refus d'un d'entre eux ; tous les biens du mort, même la dot de la femme, appartenaient au beau-frère qui s'unissait à elle ; si l'épouse du mari mort était la fille du frère vivant ou la sœur de sa femme, le lévirat n'avait pas lieu, car il eût été incestueux ; enfin la consanguinité d'une des veuves dispensait le frère de s'unir même avec les autres. » (c.f. Pastoret, *Histoire générale de la législation*. « Du lévirat. »).

(2) Salvador, *loc. cit.* « Du lévirat ».

Què dire d'une telle loi ? Elle peut étonner au premier abord, mais pour peu qu'on réfléchisse à ce qu'était le mariage pour l'Hébreu, on comprend que le législateur ait donné droit de cité dans son code à cette ancienne coutume. Elle permettait, en effet, à un époux, dont l'union n'avait pas encore produit de fruits, de mourir tranquille, sachant que sa famille ne disparaîtrait pas d'Israël ; les successions restaient toujours intactes ; la population s'accroissait, et la femme qui n'avait pas eu le bonheur d'être mère, avait cependant la douce espérance de voir un jour son opprobre disparaître. Ce fut donc aussi bien une idée morale qu'un acte d'économie politique qui poussa le législateur à admettre le lévirat. (1)

§. 2. — *Rapports des enfants entre eux et avec leurs parents. — Successions.*

Il a été déjà parlé plus haut de la puissance exercée par le père sur sa famille et des obligations que les enfants avaient envers lui. Ce ne sera donc que très brièvement que nous traiterons de ce sujet pour ne pas nous répéter.

La loi recommande expressément aux enfants le plus grand respect pour leurs parents. Pendant toute leur vie, ils doivent leur rester soumis : « Honore ton père et ta mère, afin que tes jours soient prolongés dans le pays que l'Eternel ton Dieu te donne », est-il dit ; c'est le culte filial porté presqu'aussi haut que celui que l'on doit à l'Eternel lui-même.

Tels étaient, en résumé, les devoirs des enfants envers leurs parents ; mais, de leur côté, ceux-ci avaient, envers leurs enfants, des obligations auxquelles ils ne pouvaient se soustraire, sans encourir la colère de Jahvé.

Dans son « *Histoire de la législation* », le comte de Pastoret rapporte, en citant les Rabbins (2), qu'un père avait cinq devoirs principaux envers ses enfants : le faire circoncire, afin que, par cet acte, il entrât dans la grande famille des élus et fût consacré à Dieu ; le racheter s'il était le premier-né ; l'instruire dans la loi et lui faire connaître les faits glorieux et

---

(1) Salvador, *loc. cit.* « Du lévirat ».

(2) Mischna, V. §. 21. Gemara de Babylone : *de Sponsalibus*, §. 29.; cf. Salvador, *loc. cit.* p. 300.

tristes de l'histoire de leur peuple ; lui donner une femme et une occupation qui lui permit de gagner sa vie.

Ces devoirs, détaillés chez les Rabbins, reposent sur des déclarations très brèves du Pentateuque, quant à l'instruction, à l'éducation et à l'émancipation progressive de l'enfant.

Ainsi, d'après Lévit. XII 3, l'enfant devait être circoncis au huitième jour pour avoir part aux bénédictions que Dieu devait répandre sur ceux qui feraient alliance avec lui. (Gen. XVII 10. sq.)

D'après Exode XII 26. XIII 8 et 14, les enfants doivent être instruits dans la loi et dans tout ce que Dieu a fait pour leurs pères pendant leur séjour en Egypte. Dans chaque fête, le père doit rappeler à sa famille les grâces spéciales de l'Eternel, afin de conserver fraîche et vivante la mémoire des grandes délivrances passées.

Enfin Exode XIII 11-16 ordonne le rachat des premiers-nés et explique le pourquoi de la loi.

Le Pentateuque, d'après ce que nous venons de dire, prescrit donc d'une manière catégorique aux parents d'instruire les enfants dans la loi de l'Eternel, de leur faire connaître les grandes œuvres de Jéhovah et de les faire entrer dans la famille hébraïque par la circoncision. (1).

Chez les Hébreux, aussi bien au temps des patriarches que plus tard, tous les enfants possédaient les mêmes droits civils ; qu'ils fussent nés de la 1re épouse ou d'une autre femme, tous étaient enfants légitimes. La grande famille de Jacob en offre un exemple, car les fils de Léa et de Rachel ne sont pas mieux traités ni plus favorisés que les enfants des deux servantes.

Une place à part semble avoir été faite aussi de tout temps au fils aîné, qui, par son *droit d'aînesse*, avait certains privilèges dans la gestion des biens ou dans les affaires de la famille et une certaine autorité sur ses frères et sœurs. Toutefois il paraîtrait qu'à l'époque patriarcale, le droit d'aînesse n'était pas aussi étendu qu'il le fut dans la suite. Ainsi Isaac l'emporte sur Ismaël, Jacob trompe Esaü, Joseph prend le titre de Ruben (I Chron. V. 2.) ; Ephraïm, le plus jeune des fils de Joseph, obtient le pas sur Manassé. Tandis que plus tard, pour aucune raison, le père ne peut transporter le droit d'ai-

(1) Voir aussi : Deutér. IV. 9. ; VI 7 ; XI. 19 ; XXXI 11-13 ; XXXII 46 ; Prov. XIII 24 ; XIX 18 ; XXII 6, 15 ; XXIX 17.

nesse d'un fils à l'autre. Cette recommandation est faite par le Deutéronome (XXI 15-17) dans la crainte qu'un homme polygame ne favorisât le fils d'une femme préférée.

Ce premier-né fut toujours regardé par les Hébreux comme le représentant du père ou, si l'on veut, comme le vice-président de la famille. C'était à lui qu'incombait le devoir, si le père mourait avant d'avoir établi tous ses enfants, d'entretenir ses frères et sœurs plus jeunes, de les instruire, de leur donner un état et plus tard de les marier. Si, dans l'héritage, il recevait une double part, comme on le verra tout-à-l'heure, cet avantage était fortement contrebalancé par des devoirs qu'il était parfois pénible ou difficile de remplir.

On peut se demander encore, dans ces familles où la pluralité des femmes était possible, quel était l'enfant qui portait le titre de premier-né ? Etait-ce le premier fils de la femme ou celui de l'homme ? Le *Pheter Rehem*, c'est-à-dire le premier né de la femme devait être aussi *Bécôr*, c'est-à-dire « le commencement de la force » de l'homme, pour remplir les conditions de la loi (Deutér. XXI. 15-17.) (1)

*
**

Avant l'établissement d'une législation en Israël, les patriarches disposaient de leur avoir selon leur volonté ; ils favorisaient ou déshéritaient à leur guise. C'est ainsi qu'Abraham institue Isaac son unique héritier au détriment d'Ismaël. Et quand Esaü se dessaisit avec tant de légèreté de son droit d'ainesse, on peut supposer que si ce droit offrait quelques avantages, ceux-ci devaient avoir peu de valeur. En tous cas, à part la bénédiction paternelle, il est difficile d'apprécier, à cette époque, l'importance de ces privilèges, puisqu'aucun texte de l'Ancien Testament n'en parle.

Quand la loi parait, il n'en est plus de même pour les successions et les droits du fils aîné.

(1) De ce principe, Michaëlis tire la conséquence suivante : si un homme épousait une femme veuve et déjà mère, le premier fils qu'il avait d'elle ne pouvait être *premier né* car il lui manquait la condition de *Pheter Rehem* (Exode XIII 1. Nombres III 50 et 51) — Pourtant il incline à croire que s'il n'en portait pas le titre, il en avait les charges et la responsabilité. Au reste un tel cas devait être fort rare, car il ne semble pas que les Hébreux aient souvent contracté de mariage avec une veuve, mère.

Elle pose en principe que les fils héritent de droit des biens paternels (1). A défaut de fils, la succession passe aux filles, et quand il n'y a pas d'enfant, aux ascendants ou aux collatéraux (Nomb. XXVII 8-11.)

En fait, la loi interdisait la partialité ; un père ne pouvait, au détriment d'un de ses fils, favoriser l'enfant d'une femme préférée ; seul, comme on l'a vu plus haut, le fils aîné avait sur l'héritage paternel des droits incontestés ; il lui revenait une part double qu'on ne pouvait lui refuser sous aucun prétexte (Deutér. XXI 15-17). Il y avait droit en son double titre de *prémices de la vigueur de son père* et de l'*enfant du Seigneur*.

Les filles n'avaient pas le privilège du droit d'aînesse. S'il n'y avait pas de garçon, les biens leur étaient partagés en parties égales ; si des descendants mâles leur enlevaient les droits à la succession, leurs frères leur devaient la nourriture, l'entretien et le logement jusqu'à leur établissement. On leur remettait alors, et ce devoir incombait sans doute à l'aîné, un dixième de l'héritage. (2)

Les Rabbins rapportent que lorsque les enfants cohéritiers étaient ou tous majeurs ou tous mineurs, ils possédaient par indivis ; quand, au contraire, il y avait des majeurs et des mineurs, les propriétés étaient partagées également entre tous. (2)

Les commentateurs disent encore que ce n'était pas seulement les garçons qui succédaient à l'exclusion des filles, mais aussi toute leur postérité. En règle générale, un être transmet

---

(1) Disons aussi que tous les enfants mâles d'un Hébreu avaient droit à son héritage, qu'ils fussent les fils d'une femme de *premier rang* ou d'une concubine, car il ne paraît pas qu'en Judée il y ait eu des naissances illégitimes. Tous les enfants étaient reconnus. Ce principe paraît remonter à la plus haute antiquité, puisque, par exemple, les enfants de Rachel, de Léa et de leurs servantes héritèrent tous de Jacob. Toutefois il semble que plus tard les enfants, issus d'une union illicite, étaient exclus de l'héritage. Ces malheureux, dévoués à l'anathème, n'étaient jamais reconnus. (Juges XI 2-3.)

(2) D'après Nombres XXVII 1-11, la loi donne droit aux filles à l'héritage paternel ; mais, dans ce cas, lorsqu'elles avaient hérité des biens fonciers, pour empêcher que ces propriétés ne passassent d'une tribu à une autre, elles n'avaient pas le droit d'épouser quelqu'un qui ne fût de leur race. Il n'était pas nécessaire pourtant qu'elles épousassent un de leurs proches parents, cependant c'était ce qui devait sans doute avoir lieu de préférence.

(3) Pour plus de détails voir Pastoret, *loc. cit.* « *Des Successions* ».

à sa race les privilèges de succession ; en conséquence, les garçons les transmettaient à leur postérité, et, à défaut de garçons, les filles à la leur. Il pouvait arriver aussi qu'une mère survécût à son fils, héritier naturel des biens paternels ; dans ce cas, si ce fils n'avait pas d'enfant, l'héritage passait à la mère et aux parents de celle-ci à sa mort. C'était le seul cas où la mère et ses parents pussent avoir droit à l'héritage.

Le Pentateuque ne s'étend pas assez sur les lois de succession pour que nous en fassions le sujet d'une étude plus longue ; et du reste, pour le but ici poursuivi, il suffit de retenir ces quelques points capitaux : que le fils aîné, outre la double part dans la succession, hérite aussi d'une partie de la puissance paternelle pour régler les principaux intérêts de la famille ; que tous les enfants ont droit à une part égale sur les biens fonciers ; que les filles ne sont pas oubliées, puisqu'on leur doit une dot sur la fortune paternelle ; enfin qu'à défaut de garçons, les filles peuvent hériter de tous les biens, fonciers ou autres.

CHAPITRE IV.

De la Protection accordée au Mariage et de sa dissolution

En raison même des grands effets qu'il produisait, et des intérêts auxquels il donnait naissance, il est probable que la législation hébraïque s'était occupée de protéger le mariage et de régler quelles seraient les causes qui pourraient entraîner sa dissolution. De tout temps, il semble que les législateurs en aient compris l'importance ; car tous les monuments juridiques de l'antiquité, qui nous sont parvenus, traitent de cette question.

Le législateur hébreu n'a pas échappé à cette préoccupation, puisque quelques-unes de ces lois se trouvent dans le Pentateuque.

§. 1. — *De la protection accordée au mariage.*

Si les Hébreux, comme on a pu s'en convaincre, considéraient le mariage comme un acte légal, unissant le mari à la femme par des liens que ne pouvait rompre que le divorce ou la mort, il est tout naturel de s'attendre à trouver dans leur législation des lois qui le protègent.

Le législateur n'oublia pas ce point important. Il conserva d'anciennes croyances qui faisaient reposer l'immortalité du nom dans la paternité, et admit dans son code de vieilles coutumes, telles que le lévirat et la vendetta.

Une des lois les plus caractéristiques sur la protection, est celle contenue dans Deutér. XX 7 et XXIV 5. Ces deux passages se complètent. Après avoir dit dans le premier qu'un homme

sera dispensé du service militaire pendant la durée de ses fiançailles, le législateur ordonne, dans le second, que cette
exemption s'étende jusqu'à la fin de la première année de son
mariage. Il motive la première mesure en disant : « qu'il
pourrait mourir peut-être dans la guerre et un autre prendre
la femme qu'il a longtemps attendue ». Il n'en pouvait être
autrement. Cette loi s'imposait à cause même du principe
élevé que l'Hébreu avait placé à la base de la famille. Car si
cet homme était tué, il mourait privé de postérité, et, par
conséquent, il eût pu être considéré comme frappé de la
terrible malédiction qui devait être la punition de la désobéissance et des grands péchés. (Deutér. XXVIII 30.)

A côté de ces lois dont le but est surtout de faire ressortir
le caractère sacré du mariage, il en est d'autres plus spécia-
lement destinées à réprimer les débordements d'un des deux
époux. Certaines d'entre elles ne sont pas dans le Pentateuque, mais ont été développées et commentées par les auteurs
juifs comme étant connues longtemps avant eux. C'est ainsi
qu'ils rapportent que si le mari ou la femme, par sa conduite,
risquait de détruire la bonne entente dans le ménage, la
société intervenait sur la demande de l'un des deux époux,
avec mission de faire rentrer dans le devoir le conjoint qui
s'en était écarté.

Comme pour la loi de Deutér. XXII 13-21, cette mission
incombait aux anciens du peuple ou aux prêtres, comme
on le verra plus loin ; ils formaient, en effet, ce qu'on
appellerait de nos jours le *tribunal des mœurs*. Cette procédure
offrait des garanties bien autrement sérieuses que celles données, par exemple, par le *tribunal domestique* des Romains,
où le mari, s'il avait à se plaindre de sa femme, était en
même temps accusateur et juge. Chez les Juifs, rien de semblable n'était à craindre : c'étaient les anciens qui, après avoir
également écouté la femme et l'homme, rendaient justice en
réclamant la stricte exécution du contrat. La punition dont le
mari était frappé, s'il était reconnu coupable, consistait en
une réprimande et en une augmentation de la dot reconnue à
la femme dans le contrat ; si au contraire c'était l'épouse,
elle voyait sa dot diminuer progressivement. Pour elle la
réprimande ne se faisait pas en public comme pour le mari,
mais les anciens allaient chez elle et lui adressaient de pater-
nelles remontrances. Si celles-ci étaient insuffisantes et

qu'elle continuât à vivre scandaleusement, on laissait alors au mari la liberté de recourir au divorce sans douaire. (1)

A côté de ces lois qui n'offrent rien de bien particulier, il s'en trouve une autre assez curieuse, consistant en une cérémonie semi-religieuse et semi-judiciaire. Elle fut sans doute établie par le législateur pour calmer une passion peut-être fréquente chez les Hébreux, et qui devait enfanter souvent des actes de violence. C'est ce qu'on a nommé le *sacrifice de jalousie* ou la *boisson des eaux amères*. On ne pouvait pas y obliger la femme avant de lui avoir enjoint devant deux témoins de ne plus avoir aucun rapport avec tel individu désigné. Si, après cet avertissement, elle commettait la plus légère inconséquence, elle devait subir l'épreuve.

Le Pentateuque (Nomb. V 11-31) s'exprime ainsi à cet égard : « Parle aux enfants d'Israël, dit l'Eternel à Moïse : quand une femme se sera livrée à un autre et qu'il l'aura possédée, sans que le mari en ait la certitude, sans qu'il existe contre elle un témoin de flagrant délit, si tout à coup l'esprit de jalousie s'empare de cet homme, ou même si cet esprit l'assiège quoique nul motif ne le justifie, il fera comparaître la femme devant le sacrificateur. Celui-ci délaiera un peu de la poussière du pavé du sanctuaire dans de l'eau d'aspersion sur laquelle sera prononcé l'anathème. Découvrant ensuite la tête de la femme, il lui donnera à tenir un gâteau de farine d'orge sans huile ni encens, offert par le mari, et il lui dira : « Si tu n'es pas coupable, sois exempte de tous les maux que portent ces eaux que tu vas boire. » Et alors la femme prêtera serment. « Mais si tu es coupable, que l'Eternel tourne contre toi l'éxécration de ce serment que j'ai écrit dans un livre et que j'efface. » Elle répondait amen et elle vidait la coupe.

La cérémonie finissait là. Le châtiment était réservé à la justice divine ; l'homme devait attendre.

Par contre, il n'en était pas de même quand l'adultère avait été commis et qu'il y avait eu flagrant délit. Alors la loi punissait également de mort les deux coupables. (2)

---

(1) La Mischna, V. § VIII 74, ajoute que cette privation de la dot devint surtout une des peines de l'adultère. Elle en était même la seule, si la femme s'avouait coupable dès le commencement du débat.

(2) Voyez Genèse XX 3., XXVI 11 ; Exode XX 14 ; Lévitique XVIII 20 ; XX 10. ; Deutér. V 18 ; XXII 22.

La peine capitale n'était cependant pas toujours appliquée ; le châtiment pouvait être moins sévère suivant les rapports sociaux qui existaient entre les coupables. Ainsi l'esclave mariée, mais non affranchie, n'était punie, en cas d'infidélité, que d'un châtiment corporel ; son complice, en outre de la flagellation, devait offrir un bélier en sacrifice de culpabilité (Lévit. XIX 20-22.) Ce n'était plus, en effet, un crime attentant à l'ordre social, mais un péché. Au reste la peine de l'adultère ne devait être que rarement appliquée, en raison même de la réclamation de la loi pour établir le crime : le châtiment ne pouvait être infligé que sur la déposition de deux témoins ayant pris les coupables en flagrant délit.

Les dénonciations, devaient aussi être rares, car la loi punissait des peines les plus sévères ceux qui auraient accusé injustement une femme, soit par haine ou par jalousie. Les additions grecques au livre de Daniel rapportent, en effet, le récit d'un jugement prouvant que les faux témoins, dans ces cas-là, subissaient un sévère châtiment s'ils étaient découverts.

C'était la peine de mort, à en croire le récit de Daniel XIII 41-62 (1). Les deux vieillards, qui avaient réussi par leurs intrigues à livrer à la justice la chaste Suzanne, subirent cette condamnation. D'un autre côté, on voit que, si elle fut acquittée, ce fut grâce au prophète dont l'enquête découvrit la fausseté des accusateurs. On peut déduire de ce fait que les enquêtes étaient sérieuses, et conclure que si telle était en général la procédure, elle offrait des garanties suffisantes pour rendre circonspects les maris dans leurs accusations et les témoins dans leurs dépositions.

§. 2. — *Dissolution du mariage.*

Ici encore il faut distinguer entre ce qui se faisait avant et après l'apparition de la loi.

A l'époque patriarcale, il semble qu'on s'en soit tenu à ce qui se faisait chez les nations voisines ; l'homme étant le chef incontesté de la famille et jouissant de tous les droits, pouvait répudier sa femme selon son bon plaisir : Abraham renvoyant Agar dont il a un fils, en est une preuve.

(1) D'après la traduction des LXX.

Il n'en est plus ainsi après l'éxode. Le mariage ne peut être dissous que par la mort ou le divorce. La loi dit, en effet, que le mari devra remettre à son épouse une *lettre de divorce*, établissant la dissolution du mariage. D'après les auteurs juifs, cela ne se faisait pas sans de grandes formalités, nécessitant de nombreuses enquêtes, une procédure si longue et parfois si compliquée, que les deux parties finissaient souvent par s'accorder et reprendre la vie commune.

Voici ce qu'ils disent à propos de ces formalités : on devait remettre entre les mains de la femme répudiée une *lettre de divorce*, probablement visée par le conseil des anciens et signée de deux témoins. Il était tout naturel qu'il en fût ainsi, si le mariage se contractait au moyen d'un acte, comme l'affirment la littérature juive et le rapport des Rabbins. En agissant de la sorte, le législateur laissait à la femme la possibilité de prouver plus tard la dissolution de son mariage. Selon le comte de Pastoret (1), l'acte était rédigé en ces termes : « Ce tel jour, le nommé N..., de tel lieu, te renvoie, et j'écris cet acte afin que tu sois libre d'épouser l'homme qu'il te plaira. »

En répudiant sa femme, le mari devait en outre promettre de ne jamais la reprendre si, dans l'intervalle, elle était devenue la femme d'un autre. Elle était souillée pour lui ; s'il voulait l'épouser quand même, il était légalement poursuivi comme ayant commis une abomination devant l'Eternel, et on le retranchait de son peuple (2). Néanmoins on peut conclure de cet article que, si la femme n'avait contracté aucune union, il était permis à l'homme de la reprendre comme épouse.

Le divorce était autorisé en Israël, mais il n'y était pas en honneur. Il contraste trop, en effet, avec l'idéal que le peuple juif avait du mariage (Gen. II. 24.) ; ce qui le fait supposer, c'est qu'il ne fut légalement autorisé que dans certaines circonstances. Suivant les paroles de Deutér. XXIV 1., il n'était licite que lorsque le mari trouvait dans sa femme *quelque chose de honteux*. Que faut-il entendre par ces paroles ? La question est difficile à résoudre. Faut-il y voir des vices physiques

---

(1) Pastoret : *Histoire générale de la législation* « Du Divorce chez les Hébreux ».

(2) Cf. Jérémie III 1.

4

susceptibles d'inspirer du dégoût, ou un défaut de conformation rendant la femme impropre à la maternité ? C'est ce que
nous ne pouvons dire certainement, car ces deux opinions
peuvent se soutenir (1).

En tous cas, le divorce était reconnu et réglementé par la
loi. Mais si le mari avait la liberté de divorcer, il ne semble
pas que la femme ait eu ce droit. Elle avait la ressource de
recourir au conseil des anciens pour faire exécuter les clauses
de son contrat, rien de plus. Pourtant, quand le mari, à la
suite de plusieurs remontrances, persistait dans son refus
d'obéir, il était alors censé ne plus aimer sa femme et celle-
ci obtenait gain de cause. C'est à ce principe, sans doute,
qu'il faut rattacher ce que dit la loi au sujet de la femme
qu'un père donnait parfois à son fils encore trop jeune pour
se marier et à laquelle on devait rendre la liberté, si elle
n'avait pas été traitée selon le *droit des filles*. (Exode XXI
9 et 11.)

Quoiqu'autorisé en général, il y avait cependant deux cas
prévus par la loi (2) où le divorce n'était pas possible :

C'était, d'abord, quand un homme avait abusé d'une jeune
fille et l'avait séduite. Il devait alors, selon la volonté du
père : ou la prendre pour femme avec la condition de ne jamais
s'en séparer ; ou bien payer à la famille la somme de 50 sekels,
comme dommages et intérêts pour sa mauvaise action.

En second lieu, si après avoir épousé légalement une jeune
fille et que celle-ci vînt à lui déplaire, son mari l'accusait
calomnieusement devant les juges, il ne lui était plus permis
de la répudier jamais, si elle avait été trouvée innocente. En
effet, il aurait été sans doute impossible à la jeune femme de
se remarier après un tel scandale ; aussi le législateur

---

(1) Pour plus de détails voir ce que disent : Michaëlis dans son *Mosaïches
Recht* ; le comte de Pastoret, *loc. cit.* art. *Divorce* et la *Real Encyclopädie*
d'Herzog. (*Le Mariage chez les Hébreux*). — Le comte de Pastoret présente
l'argument suivant : « On sait qu'il était défendu à l'homme privé de sa puissance d'épouser une fille d'Israël et que la jurisprudence permettait à la femme
de demander la séparation, lorsque le mari portait en lui quelque maladie
contagieuse, dont elle n'aurait pas eu connaissance à l'heure de son mariage. »
En procédant par analogie, il pense avec raison que les mêmes causes de stérilité ou de contagion chez la femme devaient donner à l'homme le droit de
demander et d'obtenir le divorce. (Cf. Mischna III *De Divortiis* I. §. 2..)

(2) Exode XXII 16. — Deutér. XXII 13-19 ; XXII 28-29.

voulut-il que celui qui l'avait provoqué, en supportât les conséquences.

Il est bien clair que toutes ces lois et ces ordonnances offrent un triste contraste avec l'idéal du mariage que posait l'Ancien Testament, et particulièrement la Genèse et Matt. XIX 5-7. Aussi semble-t-il que le divorce fut toujours réprouvé par les hommes de Dieu ; c'est ce qui explique cet ordre de Malachie : « Que personne ne soit infidèle à la femme de sa jeunesse, car je hais la répudiation. » (Malachie II 15-16.) (1)

Nous arrêterons là l'exposé de la législation hébraïque, pour examiner à présent ce qu'il nous a été possible de rétablir des coutumes égyptiennes, tant par les rapports que nous en ont fait les historiens de l'antiquité que par les nouvelles découvertes qu'il a été permis à la science de faire dans ces dernières années.

---

(1) Il faut avouer cependant que le peuple juif n'écouta pas les exhortations de ses prophètes, car plus tard les docteurs juifs autorisaient le divorce pour des raisons les plus futiles et les moins louables. En effet, deux écoles célèbres parmi les Hébreux admettaient la plus grande liberté : Celle de Chammaï comptait parmi les motifs de répudiation toutes les actions de la femme contraires à la pudeur; l'Ecole de Hillel, tout ce qui pouvait déplaire dans son moral comme dans son physique. (Cf. Mischna *Gittin* chap. IX § 10. — Matth. XIX 3.).

DEUXIÈME PARTIE

LE MARIAGE EN ÉGYPTE

CHAPITRE Ier

LE MARIAGE

§ 1. — *La femme en dehors du mariage*

Diodore de Sicile et Hérodote, parlant des femmes égyptiennes, s'exprimaient en ces termes : « Chez eux, les femmes vont sur la place publique et s'occupent du commerce, tandis que les hommes, renfermés dans leurs maisons, travaillent à de la toile. » — « L'homme appartient à la femme selon les termes du contrat dotal, et il est stipulé entre les mariés que l'homme obéira à la femme. » (1)

C'était là une observation qui dut profondément étonner les auteurs grecs ; cela sortait tellement des coutumes de l'antiquité ! Cette assertion semblait encore si invraisemblable qu'on n'y ajoutait de nos jours que fort peu de créance.

Pourtant il fallut en revenir, car ces affirmations ont reçu par les travaux des égyptologues, des preuves irréfragables. Des documents de ces époques reculées sont venus apporter leurs lumières et permettre de rétablir, d'une façon presque certaine, les coutumes alors en usage.

(1) Hérodote II. 35 — Diodore de Sicile I. 27.

Grâce aux récentes découvertes des savants (1), l'Egypte a livré ses secrets. On sait à présent qu'au moins chez un peuple de l'antiquité, la femme était vraiment honorée et jouissait de toute la considération et de tous les privilèges auxquels elle a droit et que notre civilisation voudrait lui rendre.

En effet, quelle que soit l'époque de cette histoire qu'on étudie, on ne tarde pas à s'apercevoir que toujours la femme est citée à coté de l'homme, ayant les mêmes droits et les mêmes avantages.

Dans la famille, elle est l'égale de l'homme : fille, elle est égale au fils ; sœur, elle est égale au frère ; épouse, elle est égale à son mari.

Dès qu'elle a atteint sa majorité, elle possède pleinement la capacité juridique. Elle peut avoir des biens propres, elle peut en acquérir, contracter, s'obliger ; rien ne vient restreindre son pouvoir.

Ce pouvoir lui viendrait-il de l'ancien *droit des mères*, qui aurait continué d'exercer son influence dans les mœurs égyptiennes ? M. Giraud-Teulon, dans son livre sur *Les origines du mariage et de la famille*, le penserait. Il est cependant assez difficile de le prouver, car, à considérer les documents et les monuments, ce n'est pas du « droit de la mère qu'il faut parler en Egypte, mais bien du droit réel de la femme: » (2)

En effet, aussi haut que l'on remonte dans l'histoire (3) et aussi loin que l'on descende, jusqu'au *prostagma* du roi Philopator, introduisant les idées gréco-macédoniennes dans le droit égyptien, la femme possède des droits en tant que femme durant toute son existence. Il en fut toujours ainsi, quelles qu'aient été les modifications apportées à sa condition juridique par le mariage ou la maternité. « S'il est un fait qui frappe », dit M. Paturet, « c'est que dans cette condition la femme voit plutôt diminuer qu'augmenter ses droits par la naissance d'un enfant, puisqu'à un moment donné sa fille ou son fils aîné deviendra le NeB, le curateur de tous ses biens. »

(1) Paturet: *Condition juridique de la femme en Egypte* ; Paris 1885 ; E. Révillout : *Cours de droit égyptien* 1884 ; Maspéro : *Histoire des peuples de l'Orient* (en cours de publication chez Hachette) ont traité de cette matière ; c'est à leurs ouvrages que nous empruntons les détails qui suivent.

(2) Paturet : *loc. cit.* p. 8.

(3) A ce propos voir ce que M. Maspéro dit dans son *Histoire* T. I. p. 273 sq.

Tous les documents juridiques et les monuments prouvent ce qui vient d'être dit. Quand on parcourt les salles des musées égyptiens, ce qui frappe de suite, c'est la place qui y est faite à la femme. L'épouse est assise ou debout à côté de son mari, mais toujours sur le même piédestal, et elle est appelée NeBT-PA « *La maîtresse de la maison* ». On trouve aussi dans un des plus vieux monuments de la littérature égyptienne, « *Les Chants d'amour* », traduits par M. Maspéro, une femme disant à son fiancé : « Tu m'établiras la maîtresse de la maison... » ; plus tard, ce sont encore les mêmes expressions, la même idée qui revient dans les contrats : « Je t'ai prise pour femme, je t'ai établie pour femme, » ou bien : « Tu m'as prise pour femme, tu m'as établie pour femme. » (1)

Dès qu'elle a atteint sa majorité, la femme est regardée comme l'égale de l'homme. Avant cet âge, c'est-à-dire probablement celui de 14 ans, comme le pense M. Révillout, les actes qu'on pouvait lui faire faire étaient provisionnels ; et si plus tard l'enfant, ayant été lésée, venait à réclamer, ces actes étaient annulés (1). Fille ou garçon, l'enfant n'a pas non plus de curateur, à moins qu'on ne considère comme tel le fils aîné ou la fille aînée qui, représentant la famille, était une sorte de *Kurios*.

Toutefois, dès qu'elle avait atteint l'âge de raison, la fille pouvait remplir tous les actes de la vie civile, qu'elle fût fille de famille ou qu'elle eût perdu ses parents. En matière juridique, elle n'était jamais soumise à la puissance paternelle. Celle-ci, du reste, n'existait que très faiblement en Egypte, et n'étendit jamais ses pouvoirs jusque dans les actes de la vie civile et juridique des enfants. Si donc elle était orpheline, elle gérait elle-même ses biens ; ou, si elle était trop jeune pour cela, son frère, si elle en avait un, son parent ou un ami prenaient en main ses intérêts, mais sans aucun caractère légal.

Cela étant, ses droits à la succession paternelle devaient être égaux à ceux des hommes, et la sœur recevoir une part égale à celle du frère. C'est, en effet, ce qui avait lieu aussi bien dans les premiers que dans les derniers temps de la législation égyptienne.

D'après tout ce que nous venons de dire, nous avons suffi-

(1) Paturet, *loc. cit.* p. 8.

samment démontré l'égalité de la femme avec l'homme.
Remarquons cependant que, pour des raisons hygiéniques,
elle fut soumise à certains règlements, auxquels, du reste,
elle se soumettait volontiers ; mais cela n'avait rien à faire
avec sa condition juridique. Aussi peut-on affirmer que sous
les premières dynasties peut-être, et certainement au temps
de Bocchoris et même sous le règne de Philopator, la femme
eut toujours des droits égaux à ceux des hommes.

§. 2. — *Le mariage et ses différents modes*

En Egypte, les modes de mariage ne furent pas toujours les
mêmes. Suivant les époques, ils subirent des changements
opérés par des influences chaldéennes, grecques ou romaines.
Or, comme il serait trop long de parler de ces différentes
évolutions, nous ne nous en tiendrons qu'aux modes employés
probablement sous les anciennes dynasties et à ceux de la
période qui s'étend de Bocchoris à Darius.

Il semblerait que primitivement, d'après les monuments
anciens, le mariage ait reposé sur une idée religieuse, comme
chez tous les peuples primitifs, et avoir été un « mariage
d'égalité » suivant M. Révillout. En effet, sur les stèles comme
dans les plus anciens tombeaux, auprès du mari se tient toujours la NeBT-PA « la maîtresse de la maison. »

Mais comment se contractait-il ? C'est ce qu'il est peut-être
difficile d'établir d'une manière précise pour ces époques
reculées. Etait-ce au moyen d'un acte, comme cela se fit plus
tard, ou seulement par une certaine cérémonie religieuse?
On ne saurait l'affirmer. Pourtant, l'usage des actes, c'est-à-
dire des conventions écrites, existait déjà sous la XXIᵉ dynastie,
et peut-être s'en servait-on alors pour régler les conditions
des mariages. Ainsi, M. Maspéro croit avoir trouvé deux actes
de cette espèce dans des inscriptions « sous forme de décrets
d'Amon ; » mais, M. Révillout, de son côté, dans son
Cours de Droit, ne pense pas qu'on doive les considérer comme
tels. Naturellement nous ne songeons pas à trancher la question, car ce serait présomptueux de notre part ; pourtant nous
pencherions à admettre que les cérémonies étaient religieuses
et civiles tout à la fois, comme dans les premières années du
règne de Bocchoris ; les bases de l'union étaient alors définies

par un acte, un contrat de fiançailles, si l'on veut. Cela ne serait pas impossible, puisque l'existence d'actes est prouvée et que, d'autre part, le droit contractuel, introduit par ce roi, ne fut pas tant une révolution juridique qu'une réforme de ce qui existait déjà (1). En effet, il eut surtout en vue la régularisation des actes de la vie civile au moyen des contrats.

Pourtant ce n'est réellement qu'à partir de cette époque qu'on trouve de véritables actes de mariage. En tous cas, avant ce roi, il devait y avoir certainement une cérémonie ou une solennité quelconque suffisante pour consacrer l'union aux yeux de tous, car à l'époque des Ramessides, dans les « Chants d'Amour », il est dit d'une femme parlant à son futur époux : « Tu m'*établiras* la maîtresse de la maison », expression qui se retrouve ensuite sous le régime contractuel.

Quoiqu'il en soit, on peut assurer que le mariage égyptien antique était un acte des plus solennels et surtout des plus vénérés.

Dans le mariage, la femme était l'égale de son mari, les enfants étaient le but et l'espoir du mariage. C'était un état recherché et recommandé par tous les sages. On flétrissait la débauche, et les philosophes du temps, comme l'auteur des Proverbes, s'évertuaient à détourner les jeunes gens du libertinage. A titre de curiosité, voici un passage des préceptes du scribe Ani qui ressemble, à s'y méprendre, au chap. V des Proverbes :

« Garde-toi de la femme du dehors, quand même on l'ignorerait dans ta ville, elle est semblable à toutes ses pareilles. N'aie pas de commerce avec elle, c'est une eau profonde et les détours en sont inconnus. Une femme, dont le mari est éloigné, te remet des écrits, t'appelle chaque jour, si elle n'a pas de témoins elle se tient debout, jetant son filet, et cela peut devenir un crime digne de mort quand le bruit s'en répand, même quand elle n'a pas accompli son dessein en réalité. L'homme commet toutes sortes de crimes, par cela seul. » (2)

D'après ce qu'on vient de lire, on voit que, chez les anciens Egyptiens, l'adultère était puni très sévèrement. La loi le

(1) Cf. Diodore de Sicile. Liv. I §. 79.

(2) *Maximes du Scribe Ani* VIII, traduction de M. Chabas. Comparez avec Proverbes II-X et surtout V 3-8; VII 6-27.

regardait comme une violence faite à un être libre et la corruption d'un être innocent. La peine était peut-être capitale,
les paroles du Scribe Ani permettent de le supposer ; plus
tard, au temps de Diodore de Sicile, par exemple, cette peine
était rarement appliquée, elle consistait dans la mutilation et
dans un châtiment corporel (1).

Pour en revenir à quelque chose de plus certain, nous tâcherons de définir quels étaient les modes de mariage usités dans
la période qui s'étend de Bocchoris à Darius, la plus ancienne
dont nous ayons des documents.

Durant cette époque de l'histoire juridique de l'Egypte, la
forme des contrats diffère, aussi les a-t-on rangés en trois
catégories : les « mariages d'égalité, » les « mariages serviles » et les mariages par « don nuptial » (2).

Dans le « mariage d'égalité », l'homme et la femme unissaient leur avoir ; c'était en quelque sorte le régime de la
communauté. L'homme fait de son épouse la NeBT-PA ; c'est
un mariage ayant des effets légaux et prévus par le Code. La
formule sacramentelle que l'on retrouve encore dans des contrats du règne de Darius, était celle-ci : « Je t'ai établie pour
femme, je t'abandonne *le faire à toi mari* depuis le jour ci-
dessus. Je ne puis y échapper en tous lieux où j'irai, depuis
le jour ci-dessus à jamais. » — Ou bien encore : « Je t'ai
établie pour femme : toutes choses au monde relativement à
mon « *faire à toi mari* » (c'est-à-dire à cet état de mari que
j'ai par rapport à toi) t'appartiennent. Je te les abandonne
depuis le jour ci-dessus à jamais. »

Ces termes, *le faire à toi mari*, dénotent, suivant M. Révillout, un régime légal comparable à ce qu'est chez nous le
régime de la communauté et s'imposant à tous les époux, à
moins de conventions contraires. Les mariages de ce genre
sont de beaucoup les plus nombreux, et là encore, dans tous
les documents, la femme apparaît comme l'égale de l'homme.

Jusqu'au règne d'Amasis, les mariages, quel que fût leur
mode, furent très vraisemblablement contractés devant un
prêtre, c'est ce que prouvent deux actes traduits et commentés
par M. Révillout dans son récent ouvrage, « *Notices sur les*

(1) Diodore de Sicile Liv. I §. 78.

(2) Cette classification est celle qu'a adoptée M. Révillout dans son *Cours de
Droit* à l'Ecole du Louvre.

documents démotiques du Louvre » et dont nous citons un des actes en note (1). — Le prêtre remplissait alors les fonctions d'officier de l'Etat-civil. La cérémonie, d'après ce que rapporte l'acte, devait être quelque peu analogue à celle qui se fait chez nous à la mairie. Les deux époux comparaissaient après avoir établi dans un acte notarié quelles seraient les bases de leur union ; puis, sur la présentation de cet acte, le prêtre adressait aux époux les questions réglementaires dont les réponses servaient à donner au consentement toute la publicité voulue.

Cette cérémonie au temple ne regardait en rien les dispositions pécuniaires de l'union ; c'est ce qu'établit l'entête de

(1) Nous donnons ici l'acte du règne d'Amasis, car il est presqu'en tout conforme à celui du règne de Psammétik II, et qu'en plus, il mentionne cette maison du « Cens » dont nous parlons un peu plus loin.

« L'an XII, le 5 méchir du roi Ahmès (Amasis), à lui Vie, Santé, Force.

« En ce jour, entra dans le temple le choachyte Théos (Djeher), fils du gardien Ekheper-tuf, vers la femme choachyte Hatu-set, fille de Petu-ésé, laquelle femme lui plut en épouse, en femme établie en conjonction, en mère apportant les droits de famille à leur filiation, en épouse depuis le jour de l'acte. Pour le bien dont il a dit : « Je le lui donnerai », elle l'a reçu en main, cette femme, — c'est-à-dire tout terrain en part établie.

« Le prêtre d'Amon, prêtre du roi florissant, à qui Amon a donné la puissance, à lui V. S. F., lui a dit : « Est-ce que tu l'aimeras en femme établie en conjonction, en mère transmettant les droits de famille, ô mon frère !

« Lequel répondit : moi je lui transmets par don de donation leur transmission, l'apport de ces choses dans le plan d'amour dans lequel je l'aime. Si au contraire, j'aime une autre femme qu'elle, à l'instant de cette vilenie où l'on me trouvera avec une autre femme — moi je lui donne à elle (à ma femme), mon terrain et l'établissement de part qui a été écrit plus haut à l'instant, devant toute vilenie au monde de ce genre. Tous les biens que je ferai être (que j'acquerrai) par transmission ou par apport de patrimoine paternel ou maternel seront à mes enfants qu'elle enfantera, et que je ferai être en génération d'épouse depuis l'an XII, méchir 5, du roi Ahmès, à lui V. S. F., jusqu'à la fin de sa génération d'épouse qu'elle fera être pour moi.

« En l'an XV du roi Ahmès, à lui V. S. F., je dirai ces choses au « Palais de la Grande Entrée » (ou de la « Grande Maison »).

« Par l'écriture du prophète d'Amon, prêtre de Montnebuas de la première classe. — 5 Epi..., fils de Mont (Nekt) fils d'Epi... Neshor, fils d'Horsieri étant témoin.

« Horhotep, fils de Hornofré, témoignant à tout ce qui est ci-dessus, An XII méchir 5 du roi Ahmès.

« Par l'écriture du prophète d'Amon-ra-Sonter, Petuanan, fils de Ptunofré-Hor, témoignant à tout ce qui est écrit ci-dessus. An XII, méchir 5 du roi Ahmès ». (*Notices sur les documents démotiques du Louvre*). — Paris 1897 p. 332. — N° 47 ; Louvre, N° 7846.

l'acte que nous citons : « Le bien dont il a dit : je le lui donnerai à elle, elle l'a reçu en main cette femme…. tout terrain en part établie. » — Cette dernière phrase est une simple incidente constatant que les engagements pris ont été tenus, et qu'il l'a réellement *prise pour femme*, c'est-à-dire qu'il lui a donné ce qui doit former son douaire, son don nuptial.

Remarquons cependant que par la phrase « comme épouse depuis le jour de l'acte, » l'union était accomplie à partir du moment où les engagements pris avaient été tenus et l'acte signé par les parties et les témoins ; la comparution devant le prêtre était seulement la consécration, on pourrait presque dire l'enregistrement, d'un acte juridique déjà accompli par le contrat, ou pour parler avec le droit égyptien : *l'établissement pour femme*.

Dans les premières années du règne d'Amasis, cet usage existait encore, comme le prouve l'acte cité plus haut. Mais ce prince, par sa réforme judiciaire dont parle la chronique démotique et à laquelle Diodore de Sicile (1) fait allusion, remplaça la cérémonie au temple par l'enregistrement de l'acte dans l'année du *cens* au « Palais de la Grande Entrée » ou de la « Grande Maison » (2). C'était une grave atteinte portée à l'institution sacrée du mariage ; aussi à partir de cette époque perd-il de son caractère élevé et ne devient-il bientôt qu'un simple contrat passé entre deux individus assistés de témoins, et que pouvait rompre la plus légère infraction aux stipulations.

C'est à la suite de cette transformation qu'apparurent les *mariages serviles* dont on ne possède que deux actes. Tandis que dans le système précédent, la femme était l'égale de l'homme, dans celui-ci elle se reconnaissait, elle et ses enfants, les esclaves de l'homme auquel elle se livrait ; tous ses biens et ceux qui lui reviendraient plus tard, devenaient la propriété de son mari. Ces sortes d'unions se faisaient en dehors du pouvoir civil et religieux, comme le rapporte l'acte cité en note (3), passé entre la femme Djetamantankh fille d'Anach-

(1) Diodore de Sicile, Liv. 1. §§. 68, 95.

(2) C'était une institution quelque peu semblable à celle du cens romain qui avait lieu tous les cinq ans.

(3) « An IV., mésoré 20 du roi Psammetiku.

« La femme Djetamantankh, fille d'Anachamen, dit à Amon, fils de Pudja :

amen, et Amon, fils de Pudja, dressé sur une assiette et sans doute à la fin d'un repas de fiançailles.

Mais ce système, en contradiction évidente avec l'idée que les Egyptiens se faisaient du mariage, ne devait pas durer longtemps. En effet, comme nous le disions, dès cette époque et jusque sous Darius, les modes de mariage les plus employés sont les mariages d'égalité, auxquels on revient, et les mariages par « don nuptial, » mais sans la comparution au temple. Ayant déjà parlé des premiers, nous n'y reviendrons pas, nous dirons seulement un mot des seconds.

Le système par « don nuptial », où la femme est encore égale à l'homme, est celui que l'on rencontre le plus souvent après le « mariage d'égalité ». Mais alors, le changement opéré par Amasis ayant fait disparaître la cérémonie au temple, l'acte de fiançailles, autrefois présenté au prêtre et qui établissait les bases de l'union, devint l'acte de mariage lui-même. Il était tout à la fois le contrat et le procès-verbal constatant l'union.

On peut dire que généralement dans ces actes de mariage par « don nuptial », qui furent employés surtout à Thèbes, on trouve quatre éléments essentiels invariables et un qui change parfois. Les quatre premiers étaient les suivants :

1° L'indication : *Je t'ai prise pour femme*, par laquelle le mari reconnaît avoir pris la personne nommée pour femme devant transmettre à ses enfants tous les droits civils.

« Tu m'as donné et mon cœur en est satisfait — mon argent pour me faire être à toi servante (devenir ta servante). Moi je suis ta servante.

« Point à pourvoir homme quelconque du monde (personne au monde ne pourra) m'écarter de ton service. Je ne pourrai y échapper. Je ferai être à toi, en outre, jusqu'à argent quelconque, blé quelconque, totalité de mes biens au monde et mes enfants que j'enfanterai et totalité de ce que moi je suis dedans (je possède) et les choses que je ferai être (que j'acquerrai) et mes vêtements qui (sont) sur mon dos, depuis l'an IV, mésoré ci-dessus, en année quelconque, jusqu'à jamais et toujours.

« Celui qui viendra à toi (t'inquiéter) à cause de moi en disant : « elle n'est pas ta servante, celle-là », il te donnera celui-là argent quelconque, blé quelconque qui plairont à ton cœur. En ta servitude sera ta servante encore. Et mes enfants, tu seras sur (eux) en tout lieu où tu les trouveras.

« Adjuré soit Amon ! Adjuré soit le roi ! Point n'a à te servir autre servante. Ne prends pas servante quelconque en outre. Il n'y a point à dire : « il me plaît de faire en toute similitude que ci-dessus. » Il n'y a point à m'écarter par cette similitude de ces choses. Il n'y a point à dire que tu prends femme pour le service de ton lit dans lequel tu es. » — (E. Révillout. *Notices...* p. 381. Règne de Psammétik III. N° 85 ; E., 709.)

2° Une reconnaissance : *Je t'ai fait don de tant pour ton « don nuptial, »* par laquelle il reconnait devoir à son épouse telle somme qu'il a promise, et la lui donner en totalité avant *l'établissement pour femme*, ou par annuité, comme elle l'aura stipulé.

3• Une clause relative au fils aîné qui doit être le KURIOS pour les biens de la famille.

4° La promesse de *l'établissement pour femme*, suivie de l'incise : « Si je te méprise, je te donnerai.... » que la femme avait le soin de faire figurer dans le contrat pour forcer son mari à lui rester fidèle, et atténuer ainsi les conséquences fâcheuses que la polygamie aurait pu avoir pour elle.

5° Cet élément, tout à fait facultatif, concèrnait soit la pension annuelle payée par le mari, soit la part de communauté que la femme avait dans les biens de son époux et qui s'élevait d'ordinaire à un tiers. Il faut remarquer cependant qu'à partir de l'époque ptolémaïque, la femme a toujours fait mentionner l'un ou l'autre de ces droits dans son acte (1).

---

(1) On pourrait citer ici l'acte de mariage du Pastophore d'Amon Api de Thèbes, Patma, qui est un modèle du genre ; mais vu sa longueur, on nous excusera de ne pas le donner.

CHAPITRE II

CONDITIONS DE VALIDITÉ DU MARIAGE

Les conditions ordinairement requises par les législations pour qu'un mariage soit valable sont les suivantes :

Que les époux consentent à leur union.

Qu'ils aient l'aptitude physique pour en remplir les fonctions, autrement dit qu'ils aient atteint l'âge de la puberté.

Qu'ils aient pour cet acte l'aptitude légale nécessaire.

Enfin, que ceux qui exercent la puissance sur les époux consentent au mariage.

Ces conditions étaient-elles exigées en Egypte ? C'est une question à laquelle il est bien difficile de répondre, puisque le Code de Bocchoris ne nous est pas parvenu ; nous essaierons cependant de rechercher ce qu'on peut établir par l'étude des documents.

Pour savoir ce que la législation égyptienne réclamait au sujet du consentement des époux, il faut rappeler cette phrase des contrats du règne de Psammétik et d'Amasis, qui pourra peut-être nous renseigner. Il y est dit à peu près dans les mêmes termes : « Est-ce que tu l'aimeras en femme établie en dation de cœur ou en conjonction, en mère transmettant les droits de famille ? »

Si l'on remarque que cette question est adressée au mari par le prêtre d'Amon, devant qui se fait le mariage, et que celui-ci répond à la question qui lui est posée en en répétant les mots essentiels, il faut en conclure que le consentement de l'homme était exigé sous forme de serment tant que dura le « mariage d'égalité. » On sait pourquoi cette phrase ne se rencontre plus énoncée plus tard dans les actes ; mais le consentement réclamé officiellement autrefois se trouva toujours constaté et suffisamment énoncé par l'acte lui-même et par la cohabitation, lorsqu'Amasis eut supprimé la cérémonie religieuse.

Ce qui est plus intéressant, c'est de savoir de quelle valeur était celui de la femme. Or en Egypte, où sa liberté et surtout ses droits étaient considérables, le mariage ne pouvait assurément pas se conclure sans le consentement de la fiancée.

Il ressort, en effet, de l'étude des actes et de la condition juridique de la femme, que celle-ci devait consentir à son union. Du fait que le mariage reposait autant sur le contrat que sur le commencement de cohabitation, le contrat et par conséquent l'union ne pouvaient avoir force de loi que par l'adhésion des deux parties aux stipulations faites. On aurait même encore la preuve que le consentement de la femme était tout aussi obligatoire que celui de l'homme, par certains actes où la rédaction ordinaire des contrats est renversée.

Puisque le but du mariage est d'assurer la perpétuité de la famille, il est naturel que ceux-là seuls aient le droit de le contracter qui sont reconnus aptes à engendrer ou à concevoir. Par conséquent, on peut avancer, quoiqu'il ne nous soit parvenu aucun document spécial sur ce point, qu'un âge légal devait avoir été fixé en Egypte comme partout ailleurs.

Cependant on pourrait dire peut-être que le mariage, surtout depuis l'introduction dans les mœurs du régime contractuel, reposant avant tout sur le contrat, l'âge n'aurait pas été un obstacle à la validité d'un acte de mariage. Nous serions cependant plutôt porté à croire que là, comme dans la plupart des pays, les unions n'étaient contractées que lorsque les parties avaient au moins l'âge de raison.

Donc, bien que sur cette partie de la législation égyptienne nous soyons réduits à faire des hypothèses, nous croyons pourtant qu'il n'y avait pas tout d'abord, à proprement parler, d'âge légal pour se marier. Il devait en être en Egypte comme dans les premiers temps à Rome, c'est-à-dire que c'était aux parents qu'était réservé le soin de déterminer le moment auquel leurs enfants étaient arrivés à l'âge de puberté. Mais si les Romains furent amenés à fixer un âge légal, il est probable que les Egyptiens, de leur côté, éprouvèrent la même nécessité. C'est ce qu'on pourrait admettre sur le témoignage de

Saint-Anselme et d'un papyrus de Londres cité par M. Paturet, où il est dit qu'à la longue s'était implantée l'habitude de fixer l'âge de douze à quatorze ans comme celui où la femme pouvait se marier, et celui de 16 à 17 ans comme celui où les hommes pouvaient le faire.

A Rome on donnait à la troisième condition de validité du mariage le nom de « *Jus connubii.* » Pour posséder ce droit, il ne suffisait pas d'être « *puberes* », il y avait à cet égard deux sortes de prohibitions auxquelles correspondaient deux catégories d'incapacités.

C'étaient les incapacités absolues et les incapacités relatives.

On entendait par incapacité absolue toute possibilité d'union entre deux personnes qui ne jouissaient pas du titre de citoyen romain.

En Egypte, il ne paraît pas que cette incapacité ait existé. On sait, en effet, tant par les monuments que par les documents fournis par les auteurs anciens, que la plus grande latitude était laissée aux Egyptiens et aux Egyptiennes. Ils étaient libres d'épouser en *justæ nuptiæ* les étrangers et les étrangères, aussi bien dans l'Ancien Empire qu'aux époques postérieures. C'est ainsi que Joseph put épouser la fille du grand prêtre d'Héliopolis. Plus tard, cette interdiction n'exista pas davantage, puisqu'on trouve des contrats passés entre gens esclaves et libres, de même qu'entre étrangers et Egyptiens.

Les incapacités relatives étaient à Rome celles qui frappaient certaines personnes, jouissant cependant du *jus connubii*, et les empêchaient de contracter des *justæ nuptiæ* avec une classe de personnes déterminée. Elles étaient fondées, soit sur des considérations d'ordre politique ou religieux, soit sur des raisons de moralité publique.

Quant aux premières, il est difficile de se prononcer au sujet de ce qui était licite ou prohibé en Egypte. Comme il ne semble pas qu'il y ait eu, à proprement parler, de castes en Egypte (1), la naissance ou le rang social ne devait pas être un empêchement au mariage. D'autre part, il est rare que dans les actes de mariage, la profession ou les titres des individus soient mentionnés. En effet, à part les contrats

(1) E. Révillout : *Cours de droit Egyptien*, p. 132, 135, 150.

passés entre choachytes au temps du roi Darius, un acte du règne de Psammétik et du roi Amasis, et un du règne de l'un des Ptolémées, celui du pastophore Patma, il n'est pas fait généralement mention du rang social auquel appartenait l'époux ou l'épouse ; et quant à la profession, elle est encore plus rarement indiquée. Il n'y a guère que l'acte d'un fabricant d'étoffes de byssus où il en soit fait mention (1).

Les autres incapacités relatives, reposant sur des raisons de moralité publique, dérivaient de la parenté ou de l'alliance.

Très rigoureuses et très variées dans le droit romain, puisqu'elles s'imposaient entre « parents en ligne directe », et, à partir d'un certain degré, entre « parents en ligne collatérale », elles ne semblent pas avoir été nombreuses en Egypte. En effet, d'après les documents, on voit que si ces liens de parenté pouvaient être un obstacle au mariage, ce n'était que bien faiblement, et n'avoir d'action que sur les unions qu'un ascendant aurait voulu contracter avec son descendant. Il semble, en effet, difficile d'admettre qu'un peuple, qui jouissait d'une civilisation aussi avancée, eût admis des unions aussi répugnantes et immorales que celles-là. Et si parfois, comme ce fut le cas pour Ramsès II qui épousa une ou plusieurs de ses filles (2), il arriva à un père de conclure une union aussi infâme, on ne peut la considérer que comme une exception, ou comme les suites de la licence que l'autocratie orientale laissait aux rois (3).

(1) M. Paturet traitant de ce sujet dit : « Il est probable qu'en Egypte, comme dans les autres pays, le mariage fut, à l'origine, prohibé de caste à caste ; mais nous le répétons, ce n'est guère là qu'une conjecture. Car rien dans les monuments, rien dans les écrits d'époque ancienne ou d'époque récente, ne vient nous fournir des renseignements sur ce point. Il faut cependant remarquer que nos contrats démotiques sont toujours faits entre personnes de la même condition. Ce sont des choachytes se mariant avec des taricheutes, mais nous ne trouvons aucun contrat regardant des personnes de la caste militaire ou de la caste sacerdotale proprement dite. »

(2) M. de Rougé cité par M. Paturet : *Condition juridique de la femme*, p. 22.

(3) C'est à la même raison, croyons-nous, qu'il faudrait rapporter ce que dit M. Maspéro (*Histoire des peuples de l'Orient* I. p. 272) au sujet des reines de l'Ancien Empire, épousant les fils du Pharaon ; comme le fit, par exemple, la reine Mirtittefsi, de la IVe dynastie, qui, pendant trois règnes, porta le nom de reine ; mais alors, comme le dit cet auteur, ces reines n'aspiraient à la main du Pharaon successeur, que « lorsqu'elles n'avaient point de postérité ou que l'enfant d'une autre héritait de la couronne. »

Il n'en était pas de même pour les unions en ligne collatérale. Là, le droit égyptien semble n'avoir mis aucun empêchement. Par les anciens monuments de la littérature égyptienne,
tels que les « Chants d'amour » ou « Les maximes du scribe
Ani », on sait pertinemment que le mariage entre frère et
sœur était autorisé, et qui plus est, assez fréquemment
contracté pendant les périodes de l'Ancien et du Moyen
Empire.

Nous citerons, à ce propos, un passage des « Chants
d'amour » rapporté par M. Paturet : « Oh, mon bel ami, dit
une sœur en s'adressant à son frère, mon désir est que je
devienne maîtresse de tes biens en qualité d'épouse, c'est que
mon bras sur ton bras, tu te promènes gai et heureux, car
alors, je dirai dans mon cœur, qui bat dans ta poitrine, des
paroles d'amour. »

Or, si l'union entre frère et sœur était autorisée, à bien
plus forte raison, croyons-nous, devaient l'être celles avec
des parents en ligne collatérale d'un degré plus éloigné.
Cependant, il faut remarquer que bien que très commune
encore sous les Lagides, cette union entre frère et sœur le
fut moins sous les dynasties grecques, et disparut complètement sous la domination romaine et pendant la période
copte (1).

Il dut en être pour l'Egypte comme il en fut chez tous les
peuples ; ces unions, acceptées tout d'abord, finirent par disparaître au fur et à mesure du développement intellectuel et
moral, pour n'apparaître bientôt plus que comme une infamie.

Quant à la parenté par alliance, elle ne semble pas avoir
été une incapacité chez les Egyptiens. Il va de soi, en effet,
que, si les liens de parenté n'étaient pas un obstacle, les liens
provenant de l'alliance ne devaient pas en être un non plus.

Dans toute législation, le consentement des personnes
ayant droit de puissance, varie suivant l'étendue que chacune
concède à la puissance paternelle. Si ce principe est exact,
le consentement des parents pour le mariage de leurs enfants
n'aura pas une grande importance sur les bords du Nil, où la
puissance du père était nulle ou à peu près.

De bonne heure, en effet, le pouvoir des pères ne s'étendait pas plus loin que le droit de correction ; c'est ce que nous

(1) Paturet : *loc. cit.*, p. 22.

apprennent les « Maximes du scribe Ani ». Mais pour tout ce qui regardait l'action juridique sur les enfants, les pères n'avaient aucun pouvoir. Leur indépendance au point de vue légal étant reconnue pour tous les actes de la vie, s'étendait donc naturellement aussi sur le choix de leur conjoint. Et cela tout aussi bien pour les garçons que pour les filles (1).

Au reste, il est fort rare que les actes portent l'indication d'un consentement paternel ou maternel ; les seules signatures qui figurent sont celles des intéressés, du notaire et des témoins. Si parfois elles s'y trouvent, ce n'est qu'à titre exceptionnel et quand il s'agit de régler une question de partage ou d'argent.

M. Paturet, traitant de ce sujet, s'exprime ainsi : « C'est lorsque les parents ont à faire une réserve de droits ; par exemple, lorsqu'un fils étant copropriétaire avec ses parents de certains biens qu'il donne à sa femme comme créance ou don nuptial, ceux-ci interviennent au contrat pour abandonner leur droit ou pour les réserver expressément. On peut se demander comment, en Egypte où la donation n'est pas permise, un fils peut être copropriétaire de certains biens avec ses parents. Plusieurs hypothèses sont cependant possibles. La première est celle où un fils ayant travaillé et acquis quelque chose en propre, a acheté un immeuble en commun avec son père ; la seconde, de beaucoup la plus fréquente, est celle où un fils aîné, devenu KURIOS des biens de sa famille, fait don d'un de ses biens à sa future épouse ; dans ce cas, le père, qui est toujours usufruitier, figure au contrat pour réserver son usufruit. Enfin la mère prend part quelquefois au contrat de mariage de son fils ; tantôt c'est pour renoncer à son hypothèque légale, tantôt c'est au contraire pour garantir le don nuptial fait à la future épouse. C'est ainsi que, sous le règne d'Evergète II, l'archentaphiaste Petésé, ayant fait un contrat de mariage, sa mère Héribast intervient pour

---

(1) D'après ce que dit M. Maspéro, *loc. cit.*, p. 273, il n'en aurait pas été ainsi sous les premières dynasties, tout au moins dans les familles royales, car cet auteur parle de princesses « données en mariage à des princes ou à de grands seigneurs, telles que Sitmosou qui épousa son frère Safkhitâbouihotpou, et la princesse Khâmâit, fille aînée du Pharaon Shopsiskaf, qui fut mariée avec le seigneur Shopsisphtah », mais comme il ne dit pas que leurs pères avaient le pouvoir de les forcer au mariage, la coutume postérieure de les laisser libres d'approuver leur mariage pouvait peut-être déjà exister.

garantir ce don. Voici cette adhésion d'après un papyrus de Leyde : « La femme Héribast, fille de l'archentaphiaste Sohet... dont la mère est Héri... dit : Reçois l'écrit ci-dessus de la main de Petésé, fils de Chonouphis, dont la mère est Héribast, mon fils à moi, ci-dessus nommé. Qu'il agisse envers toi, selon toute parole ci-dessus, comme il est écrit ci-dessus, et que j'accomplisse toute parole ci-dessus. Mon cœur en est satisfait. S'il n'agit pas envers toi selon toute parole ci-dessus, comme il est écrit ci-dessus, moi-même je les accomplirai de force sans délai » (1).

A cette adhésion d'une mère à l'acte de mariage de son fils, nous joindrons celle qu'en la troisième année du règne d'un des Ptolémées, le nommé Hor, fils de Paha, apposait sous celui de son fils Imouth : « Hor, fils de Paha, dont la mère est Tsechons, son père dit : Reçois cet écrit de la main du tisseur d'étoffes de byssus de la fabrique d'Amon, Imouth, fils de Hor, dont la mère est Taoukès, mon fils ci-dessus, pour qu'il soit fait selon toutes les paroles ci-dessus : Mon cœur en est satisfait, sans avoir à alléguer aucune pièce, aucune parole au monde avec toi » (2).

En général, la rédaction de ces actes d'adhésion était à peu'près la même à Memphis ou à Thèbes ; et, comme on peut s'en rendre compte, ils n'influaient en aucune façon sur la validité même du mariage.

Du fait cependant que l'autorisation paternelle n'était pas réclamée en Egypte, il ne faudrait pas conclure que les parents fussent moins respectés ou eussent moins d'autorité dans leur famille qu'à Rome, par exemple, où cette puissance était fort étendue. Ils devaient l'être tout autant qu'ils le sont de nos jours en Angleterre, où l'homme et la femme sont libres de se marier à leur guise dès leur majorité. Ce n'est donc pas dans un dédain marqué pour les parents et par conséquent dans une diminution du respect envers la famille et l'autorité paternelle qu'il faut chercher la raison d'une telle coutume, mais c'est plutôt dans le sentiment de l'individualité et de la liberté de chacun, dont les Egyptiens se rendirent compte de bonne heure.

---

(1) Paturet : *loc. cit.*, p. 24.

(2) Contrat de mariage thébain légitimant une union précédemment accomplie, rapporté par M. Paturet dans ses pièces justificatives, p. 70.

CHAPITRE III

DES EFFETS DU MARIAGE

Nous dirons ici ce que nous disions au sujet du droit hébreu, c'est que, vu l'importance du mariage, le droit égyptien avait dû certainement aussi s'occuper de ses effets pour les préciser par des lois. Malheureusement le code de ce peuple ne nous étant pas parvenu, nous ne pouvons rechercher les effets du mariage en Egypte que par l'étude des contrats et des anciens monuments.

Pour cette recherche, nous adopterons la division ordinaire des juristes et nous traiterons successivement des effets du mariage dans les rapports réciproques des époux, et dans les rapports des enfants issus du mariage avec leurs parents et entre eux.

Il serait trop long de parler de ces effets dans les différentes phases du droit égyptien ; nous nous bornerons aux époques dont nous avons étudié les actes de mariage. Disons aussi que rien n'a encore été fait ni dit sur cette matière, de suffisant au moins, pour nous diriger ; comme nous n'ignorons pas la difficulté et la délicatesse du sujet, nous regrettons de n'avoir pas la compétence nécessaire pour le traiter comme il faudrait, mais nous espérons pourtant qu'on nous pardonnera les lacunes en nous tenant compte de notre bonne volonté.

§. 1. — *Rapports réciproques des époux.*

En Egypte, les devoirs réciproques des époux n'ont pas été toujours les mêmes. Ce n'est pas que des textes législatifs nous le disent d'une façon certaine, mais c'est tout au moins ce qu'on peut déduire approximativement des actes ou des contrats.

En effet, suivant les époques, ces devoirs durent varier dans la proportion où varia la situation faite à la femme. Or, en étudiant les monuments et les documents, on arrive bientôt à remarquer qu'on peut diviser l'histoire juridique de l'Egypte, à ce point de vue, à peu près en quatre périodes. Périodes qui amenèrent ou des augmentations ou des diminutions de droits dans la condition de l'épouse. Dans l'époque primitive, c'est-à-dire dans celle où régnèrent les rois de race égyptienne et pour laquelle nous n'avons comme source que les monuments, la femme apparaît en tout comme l'égale de l'homme, et il en fut ainsi du règne de Bocchoris à celui de Darius ; à l'exception cependant des effets temporaires de l'innovation d'Amasis. Les contrats que nous avons de ce temps-là sont ceux du mariage « d'égalité », du « mariage servile » et du mariage par « don nuptial ». Une seconde période qui s'étend du règne de Darius à celui des Ptolémées, et qui serait en quelque sorte une époque de transition, renferme des modes de mariage semblables à ceux de l'époque précédente, mais d'autres aussi appelés mariages par « créance nuptiale » et ceux appartenant au « système dotal », d'origine chaldéenne. En troisième lieu, l'époque ptolémaïque, époque classique du droit, où tous les contrats sont unilatéraux, quant à la forme du moins (1), et dans lesquels c'est toujours le mari qui s'adresse à la femme : ce sont les contrats par « don nuptial » ou contrats thébains ; les contrats par « créance nuptiale » ou contrats memphitiques, et les contrats de « *Sanch* », dont la rédaction est plus complète que dans la période précédente. C'est à cette époque aussi que parut le « *Prostagma* » de Philopator qui amena un certain changement dans la situation de la femme. Enfin, l'époque romaine, où, à côté des anciennes formes, on en trouve de nouvelles inspirées par la législation des conquérants.

De ces différentes périodes nous n'étudierons que les deux premières, car elles suffiront pour le but poursuivi ici.

Dans la première période, ou pour mieux dire, dans les époques pharaoniques, d'après ce que laissent deviner les

(1) Paturet : *loc. cit.* p. 50.

monuments, il semble que la position de la femme ait été
égale à celle de l'homme. C'est du reste ce que l'on pourrait
déduire des contrats des règnes de Bocchoris, de Psammétik
et d'Amasis, qui ont sans doute bien des points de ressemblance avec ce qui se faisait autrefois. En effet, sur tous les
monuments funéraires où il est fait mention d'une femme, elle
est toujours placée à côté de son mari, sur le même piédestal,
mais debout ; ceci ne signifierait-il pas que, dans les anciennes
familles, la femme, tout en étant traitée comme l'égale de
l'homme, juridiquement parlant, occupait cependant au foyer
une place quelque peu inférieure ? On le dirait, et cela pro-
viendrait de ce qu'à cette époque la famille avait un caractère
plutôt patriarcal. Le mari avait une sorte de suprématie sur
tous les autres membres de sa maison. Dans son *Cours de
Droit égyptien*, M. Révillout (1), parlant de l'autorité paternelle, dit qu'en étudiant les monuments de l'Ancien Empire
et particulièrement ceux de la XIIe dynastie, « on se trouve
en présence d'un fond de vie tout patriarcal ; que l'autorité
paternelle du Seigneur ou chef de tribu, réel possesseur et
maître des biens, peut se comparer à celle d'Abraham dans
le récit de la Genèse : car tout est alors similaire dans la vie
sociale des Sémites et des Egyptiens. » Or, si on peut faire
cette comparaison pour la puissance paternelle, on peut aussi,
sans doute, la faire pour les devoirs réciproques des époux,
et si le mari jouissait d'une autorité plus grande, les obligations conjugales de sa femme devaient être plus nombreuses
que les siennes vis-à-vis d'elle.

Alors le mari devait assurément, pour le moins, secours et
assistance à son épouse, qu'elle fût de premier ou de second
rang. Quant à la fidélité, puisque la polygamie était admise et
peut-être assez souvent pratiquée, le mari n'y était pas
astreint. Il est à présumer que ce devait être un devoir pour
la femme seulement. Pourtant, dans la suite, ce devoir devint
obligatoire pour les deux conjoints, les femmes ayant su se
faire accorder par les contrats ce que la loi ne leur reconnaissait pas.

Néanmoins, il est probable que, malgré cela, la femme,
ayant eu de tout temps une situation particulièrement favorable, possédait la capacité juridique et judiciaire ; et que celle

(1) E. Révillout : *Cours de Droit égyptien*, p. 171.

qui lui était reconnue dans la suite était la reproduction d'anciennes coutumes. Naturellement on ne peut rien affirmer pour ces époques reculées ; on ne peut faire que des conjectures, cependant il est permis de croire que ce qui se fit et ce que permit la loi plus tard avait ses racines dans les vieux usages (1).

Dans la seconde période, celle qui s'étend de Bocchoris à Darius et qui comprend les actes très nombreux des règnes de Psammétik III et d'Amasis, il sera plus facile d'établir quels étaient les devoirs réciproques et les droits respectifs des époux.

C'est dans cette époque que l'on rencontre le mode de mariage auquel nous avons donné, d'après M. Révillout, le nom de « mariage servile », nous ne nous en occuperons pas, parce qu'il paraît avoir été une exception, ou, en tous cas, un mode employé fort peu de temps comme contraire aux idées que les Egyptiens se faisaient du mariage. Nous passerons donc à celui auquel on donne le nom de « mariage d'égalité ».

Dans ces sortes d'unions, les effets étaient plutôt semblables à ceux que le mariage produit chez nous, à l'exception toutefois de l'incapacité de la femme dans les actes de la vie civile. Ici, les biens du mari appartiennent à la femme, comme ceux de la femme appartiennent au mari. C'est une communauté parfaite qui règne entre les deux conjoints. Par

---

(1) M. Révillout, parlant de la femme dans l'ancienne Egypte, s'exprime ainsi : « Tous les récits nous montrent que, dès la plus haute antiquité, elle est auprès de son époux aussi honorée et indépendante que nos épouses actuelles, souvent c'est elle qui dirige réellement son mari, qui lui dicte ses volontés, qui désigne ceux dont elle veut bien qu'on reçoive les visites officielles, ceux qu'elle veut écarter. » Et, à ce propos, après avoir cité la traduction d'un passage d'un papyrus de Leyde, où un mari s'adresse à l'ombre de sa femme et lui rappelle ses égards et sa conduite vis-à-vis d'elle, il continue : « Voilà qui montre bien la situation très favorable de la femme à une époque reculée. Cependant, cette situation très favorable de la femme n'exclut pas toute puissance maritale possible. Le mari ne dit-il pas : « Je ne me suis jamais comporté brutalement à ton égard à la façon d'un maître ? » mais la puissance qu'il semble s'attribuer en principe eût découlé du fait de l'union et non de l'infériorité civile et légale de la femme... Elle était l'égale de l'homme. C'est cette égalité même qui a fini par intervertir les rôles quand Bocchoris eut substitué le droit contractuel à l'ancien droit hiératique. » Il semble donc bien, d'après ce passage, que les deux devoirs que nous avons indiqués du mari envers sa femme existaient, et que celle-ci avait, comme plus tard, sa pleine capacité civile et juridique. (Comp. E. Révillout — *Cours de droit égyptien*, p. 213-215).

conséquent, les devoirs seront réciproques, ils se devront assistance, secours et fidélité.

C'est ce qui semblerait ressortir de cette phrase sacramentelle que l'on retrouve dans les actes de mariage d'égalité, à cette époque, comme plus tard sous Darius : « Je t'ai établie pour femme, t'appartiennent toutes choses au monde relativement à mon *faire à toi mari* », dont le sens juridique a été défini comme représentant le *régime de la communauté*. Il y aura donc parité de droits entre les époux, et la femme, quoique mariée, conservera les mêmes capacités qu'elle avait étant jeune fille.

§. 2. — *Rapport des enfants issus du mariage avec leurs parents. — Le KURIOS.*

Un des effets principaux du mariage dans toutes les législations, tant anciennes que modernes, c'est la puissance paternelle. Or, cette puissance en Egypte varia suivant les époques (1). A en croire les monuments ou les différents documents que peut fournir l'Egypte, par sa littérature ou par ses actes, ce fut dans l'Ancien Empire qu'elle fut le plus étendue (2). Toutefois elle était bien faible comparée à celle des

---

(1) E. Révillout : *Cours de Droit égyptien*, p. 171.

(2) Au même endroit de son ouvrage, M. Révillout s'exprime ainsi au sujet de la puissance paternelle : « Je crois qu'il faut distinguer pour l'Egypte plusieurs périodes différentes : Dans la 1re période, que font connaître les monuments de l'Ancien Empire, et particulièrement ceux de la XIIe Dynastie, nous sommes en présence d'un genre de vie tout patriarcal. L'autorité paternelle du Seigneur ou chef de tribu, réel possesseur et maître des biens, peut se comparer à celle d'Abraham dans le récit de la Genèse ; car tout est alors similaire dans la vie des Sémites et des Egyptiens.

« Vint ensuite le moment de l'expulsion des pasteurs sémitiques et de l'organisation définitive des castes. Dans ce système, qui est celui du Sésostris des Grecs, la puissance royale prend le dessus, et ne laisse subsister à côté d'elle que deux castes nobles. L'individu disparaît derrière la race, et le père, représentant de cette race, conserve nécessairement un assez grand prestige.

« A ces deux premières périodes, remonte l'origine de la plupart des livres de « Maximes, » et ils sont fortement empreints de ces traditions de respect et d'obéissance filiale, comme les stèles funéraires, les livres religieux, etc. Ce respect n'allait pourtant pas jusqu'à la servitude complète...

« C'est contre ces traditions toutes religieuses et sacerdotales que réagit le roi novateur Bocchoris. Dans son code des contrats, il voulut rendre à l'individu ce que les siècles lui avaient progressivement enlevé. Sans détruire les

nations voisines à la même époque. Jamais, croyons-nous, même au temps où la famille avait le caractère patriarcal, cette puissance alla jusqu'à donner au père le droit de vie ou de mort sur aucun de ses enfants. Hérodote et Diodore de Sicile (1) l'affirment en rapportant les châtiments infligés à un père qui avait outrepassé ses droits. D'après les « Maximes du Sribe Ani », son autorité était plutôt semblable à celle qu'un père possède de nos jours : « La discipline dans la maison, dit-il, c'est la vie, use de la réprimande et tu t'en trouveras bien. » Il faut remarquer cependant que « dans la famille il conserva de tout temps l'autorité d'un véritable magistrat familial, pouvant imposer des amendes dans certains cas à ses enfants, s'ils désobéissaient à son autorité légitime. » (2).

Cette puissance ou cette autorité s'affaiblit avec l'apparition du droit contractuel établi sous Bocchoris, pour disparaître complètement du temps de Darius aux Ptolémées. A cette époque, en effet, le rôle du père, qui dépend en somme de celui du mari, s'est effacé pour faire place à celui de l'épouse ; aussi celui-ci n'avait-il plus aucune puissance sur les actes civils des membres de sa famille, et par conséquent son autorité en a été diminuée d'autant. Mais, sous les Lagides, ou mieux encore, à partir de Ptolémée Philopator, la puissance fut rendue au père en proportion des droits que le *prostagma* rendait au mari.

M. Révillout (3) fait très bien remarquer que le droit égyptien, à partir de Bocchoris, donnant plus de place à l'individualité et reconnaissant celle de la femme aussi bien que celle

castes, il les énerva, pour ainsi dire, en ne leur laissant que la propriété éminente des terres, et, si je puis me servir de ce terme, l'estime éminente des populations. Le but de sa réforme fut celui de la loi de Solon qui, suivant les Grecs, l'imita autant que possible : « le contrat fait la loi. » La volonté de l'homme devint alors maîtresse, sauf les droits sacrés et inviolables de la famille que l'on consacra de nouveau. Cette révolution juridique... diminua singulièrement... l'autorité paternelle et les vieilles traditions sacrées. « Chacun pour soi » sembla être la nouvelle devise. La tutelle véritable... disparut définitivement. Les droits de la femme (dès l'origine honorée) s'accrurent... L'enfant participa lui-même à cette libération. »

(1) Diodore de Sicile I. LXXVII 7. — Hérodote I. LXXIV.

(2) E. Révillout ; *loc. cit.*, p. 183.

(3) E. Révillout : *loc. cit.*, p. 172 sq.

des enfants, la puissance paternelle ne pouvait pas être une
entrave à l'exécution de la volonté d'un des membres de la
famille. Aussi voit-on les femmes, comme aussi les enfants,
s'obliger, vendre, acheter sans l'autorisation du père. Celui-
ci pourtant conservait encore le pouvoir d'administrer l'avoir
familial, mais il n'était là que pour ses enfants.

**

Un des premiers effets produits par le mariage à l'égard des
enfants, c'est de leur faire suivre la condition du père, c'est-
à-dire de leur faire prendre son nom et sa condition sociale.

Cet effet existait-il en Egypte ? On peut répondre par l'affir-
mative. Diodore de Sicile (1), en effet, nous apprend que les
conditions sociales se transmettaient de père en fils (2). L'enfant était placé sous la présomption de paternité du mari (3)
par son inscription sur les registres de l'Etat-civil. Cette
inscription était nécessaire non pas seulement pour les enfants
nés d'un mariage, mais encore pour ceux dont le père n'était
pas connu ; car les prêtres, les hiérogrammates, chargés de ce
soin, veillaient à la conservation de l'état des personnes. Il
fallait donc que tous y figurassent. Cette inscription
servait aussi à établir les rôles pour les impôts et les
corvées, et à indiquer à quel nôme et à quelle condition
sociale appartenait l'individu. Il y avait encore d'autres raisons
pour lesquelles le père devait faire inscrire son enfant : cette
inscription lui donnait, outre ses droits civils, le pouvoir
d'ester en justice ou d'avoir recours au tribunaux. Un homme,
en effet, d'après le papyrus 1ᵉʳ de Turin, ne pouvait plaider
que s'il établissait sa filiation au moyen d'un extrait des
registres de l'Etat-civil (4), et ne pouvait faire valoir ses droits
à une succession qu'en prouvant, par cet extrait, qu'il était
héritier du mort. C'est bien aussi pour cette raison qu'étaient

---

. (1) Diodore de Sicile I. LXXVII 7. — I. LXXIV.

(2) Diodore de Sicile, I. 74.

(3) Diodore de Sicile dit (I, 80) : « Aucun enfant n'est réputé illégitime, lors
même qu'il est né d'une mère esclave ; car, selon la croyance commune, le
père est l'auteur unique de la naissance de l'enfant, auquel la mère n'a fourni
que la nourriture et la demeure. »

(4) Paturet : *loc. cit.*, p. 25.

faits ces actes de mariage régularisant des unions libres dont
étaient nés des enfants ; c'était afin de pouvoir les placer sous
la présomption de « *pater is est*, » et de les introduire ainsi
dans la famille avec tous les droits d'un enfant légitime.

Il nous reste à présent à dire quelques mots sur les rapports
des enfants avec leurs parents, et, à ce propos, à dire ce
qu'était le *KURIOS*, dont nous avons parlé plus haut. Dans
leurs rapports avec leurs parents, les enfants leur devaient
toujours le respect et la soumission. Les actes où paraissent
les clauses menaçant d'amendes des enfants qui n'accéderaient
pas aux stipulations d'un contrat, en sont la preuve. Mais à
côté de cela, leurs droits et leurs intérêts étaient sauvegardés
par le recours qu'ils pouvaient avoir contre leur père, en cas
de mauvaise administration. C'est en cette occasion qu'agis-
sait le « *KURIOS.* »

Le « *KURIOS* » était en général le fils aîné ; nous disons en
général, parce qu'il fut un temps où la fille aînée pouvait
aussi être « *KURIA* » ; mais cette fonction lui fut enlevée par
le *prostagma* de Philopator, et depuis lors, ce fut toujours le
fils aîné qui eut à remplir cette fonction. Comme tel, il était le
représentant de la famille, conjointement au père ; mais, tandis
que la puissance du père s'exerçait sur les personnes et sur
les biens de ses enfants, celle du *KURIOS* ne s'étendait qu'aux
biens (1). C'est lui qui assistait, au nom de la famille, son père
dans toutes les transactions que celui-ci faisait, et qui présidait au partage des biens lors de la succession. Il remplissait
donc réellement les fonctions d'un curateur.

C'est à partir de l'époque ptolémaïque surtout, que l'on voit
apparaître dans les actes, principalement ceux de Thèbes, la
mention du fils aîné comme « *KURIOS.* » Serait-ce à dire
qu'avant cette date l'enfant aîné n'aurait pas eu cette attribu-
tion ? Cela ne parait pas probable ; de tout temps il dut en
être ainsi. Voici ce que M. Révillout dit à ce propos (2) : il
voit dans cette institution « aussi particulière à l'Egypte que
l'est à Rome la manière dont la législation comprenait la
puissance paternelle, une sorte de combinaison du droit féodal et du droit populaire faite par Bocchoris. Le droit féodal
consistait dans le droit d'aînesse, dont jouissait l'aîné des

(1) E. Révillout — *Droit Egyptien*, p. 169.

(2) E. Révillout — *Droit Egyptien*, p. 185.

grandes familles ; le droit populaire reposait au contraire sur l'égalité des membres de la famille et concédait à chaque enfant une part égale à l'héritage. » Ainsi donc, « en combinant ces deux couches juridiques, on serait arrivé à la notion du fils aîné « *KURIOS*, » ayant le privilège de représentant de la famille, mais sans aucun droit d'hériter plus que les autres, en d'autres termes, un état transformant le droit ancien en devoir, et le privilège en une sorte de charge publique. (1)

(1) E. Révillout — *Droit Egyptien*, p. 192-194.

CHAPITRE IV

De la Protection accordée au Mariage et de sa dissolution

Quoique nous n'ayons pas les dispositions du Code égyptien à cet égard, il est probable pourtant que le législateur n'a pas échappé à la préoccupation de protéger l'institution si importante du mariage et de régler qu'elles seraient les causes qui pourraient en amener la dissolution. En effet, grâce à un acte particulier, comme aussi à certaines clauses des contrats, nous pourrons peut-être indiquer qu'elles étaient ces protections.

§. 1. — *De la protection accordée au mariage.*

Nous aurions tout d'abord à parler de la protection accordée aux mariages contractés avant la promulgation du Code de Bocchoris, mais sur cette époque reculée, nous n'avons rien de précis qui puisse nous éclairer beaucoup à ce point de vue particulier. Du fait que le mariage avait un caractère plus élevé qu'à l'époque contractuelle, puisqu'il semble avoir reposé sur une idée religieuse. on peut conclure qu'il était aussi protégé. Peut-être l'homme ne pouvait-il pas répudier selon ses caprices et sans de fortes raisons. Nous essaierons de l'établir plus loin. Cependant on dirait que le mariage pouvait être facilement dissous, puisque les femmes ont voulu obvier aux inconvénients de la polygamie et mettre un obstacle à l'inconstance de leurs maris en introduisant dans les contrats une clause qui les favorisait.

Il est plus facile, grâce aux actes de mariage, de déterminer quelle était la protection dans les époques postérieures. En effet, dans presque tous ceux que l'on possède, de Memphis ou de Thèbes, même dans ceux de la première période, on trouve toujours une clause où la femme prend soin de donner à son union toute la sécurité possible en se faisant reconnaître un droit sur la propriété meuble ou immeuble du mari.

C'était là une protection des plus efficaces, car elle rendait l'homme attentif à sa conduite et l'obligeait à la fidélité sous peine de se voir ruiné. Cependant il est probable que, pour des raisons graves, telles que l'adultère, le mariage pouvait être rompu sans que le mari eût à en supporter les frais. D'après Diodore de Sicile (I. 75.), il était puni des peines les plus sévères ; ce que confirme un acte traduit par M. Révillout et ainsi conçu.

« Copie du serment qu'a fait celle de Min, fille de Péaral,
« (serment) qui a été fait au temple, à la porte de Djem, dans
« le temple de Mont de Mamoun en l'an II, dans le mois de
« Paophi (le) 14ᵉ jour. — Pameh, fils de Petifufu, à savoir :
« Adjuré (soit) l'esprit de Mamoun qui repose à jamais avec
« lui, et tous les dieux qui reposent avec lui. — Je n'ai pas
« forniqué, je ne suis point allée avec un homme, depuis le
« mariage que j'ai fait avec toi en l'an 22 jusqu'à ce jour.
« (Il n'y a) point de mensonge dans le serment. — Elle fera
« le serment pour qu'il s'éloigne d'elle. Qu'il lui donne 3 ker-
« ker et 100 argentéus. » (1)

On peut tirer de cet acte les conclusions suivantes :

Si le mari doutait de la fidélité de sa femme, il devait recourir aux tribunaux, seuls compétents, pour établir la culpabilité ou la non-culpabilité de la femme.

La femme était-elle coupable, le mari était libre de divorcer ; était-elle innocente, le mari était condamné à lui payer une amende.

Cette loi protégeait réellement le mariage ; elle empêchait qu'un mari jaloux ne rendît insupportable à sa femme la vie commune, car il est probable que, la parité de droits existant, la femme pouvait aussi l'appeler en justice pour mauvais traitements. Le mari devait alors y regarder à deux fois avant de maltraiter son épouse ou de la mener devant les tribunaux sur un simple soupçon.

(1) E. Révillout — Cours de démotique professé à l'Ecole du Louvre en 1888.

§. 2. — *De la dissolution du mariage.*

Généralement on distingue deux sortes de causes entraînant la dissolution : les causes indépendantes de la volonté des époux, et celles qui dépendent de leur commune volonté, ou de la volonté de l'un deux.

Ces deux catégories peuvent s'appliquer au droit égyptien.

La première notant la mort, il est inutile d'insister. Mais on peut se demander si l'un des conjoints pouvait, après le décès de l'autre, contracter une nouvelle union ; et dans ce cas, si l'on établissait une différence entre la femme et l'homme. Il est probable que, comme partout ailleurs, l'homme avait la liberté de se remarier dès qu'il le jugeait bon. Le mariage immédiat de la femme, au contraire, offrant des dangers au point de vue juridique, par exemple la « *turbatio sanguinis* », devait n'être autorisé qu'après un délai fixé. Il était même de l'intérêt de la femme qu'il en fût ainsi, car, si elle avait des enfants, elle était usufruitière des biens de son époux, tandis que si celui-ci mourait sans enfants, elle devait, en cas de communauté, les rendre au bout d'un an aux héritiers de son mari. On pourrait même conclure de cette coutume que le délai légal du veuvage était de 12 mois.

Les autres causes de dissolution étaient : l'abandon, la répudiation et le divorce.

Il semble, d'après ce que dit M. Paturet (1), qu'il faille établir des différences suivant les époques, dans la façon dont le divorce, la répudiation ou l'abandon auraient été pratiqués. Tout d'abord, lors de la grande pureté de la famille, ce droit n'aurait été réservé qu'à l'homme seul pour des motifs graves ; puis, avec l'apparition du droit contractuel, la femme se le serait réservé dans le contrat ; enfin, le mariage ayant perdu de sa haute valeur morale et n'étant plus qu'une association commerciale entre deux individus, il était passé dans les mœurs que l'homme ou la femme rompissent l'union sans raison ni motif.

Quelles étaient les formalités à remplir ? Avaient-elles été établies par la loi, ou laissait-on les époux libres d'agir à leur

(1) Paturet : *loc. cit.* p. 30 et 31.

guise ? — A ce propos M. Paturet (1) dit, « qu'il ne faudrait
pas croire qu'en réalité, comme chez nous, il intervenait une
autorité judiciaire chargée de dissoudre les liens matrimo-
niaux. » Nous ne le pensons pas, du moins, pour toutes les
époques. Que les choses se soient passées de la sorte posté-
rieurement, lorsque le mariage ne reposait plus sur une idée
religieuse, cela est possible. Mais tel n'était pas le cas lorsqu'il avait encore son caractère élevé.

Le contenu même de l'acte cité plus haut semble le confir-
mer. Si l'homme avait eu toute liberté de rompre l'union sans
aucune procédure, pourquoi n'aurait-il pas simplement
renvoyé sa femme, puisqu'il doutait de sa fidélité ? Le fait
qu'il la cite en justice prouve qu'il n'avait pas ce droit.

D'un autre côté, il y a un membre de phrase sur lequel nous
voudrions attirer l'attention : « Elle fera le serment pour
qu'*il s'éloigne d'elle...* »

Cette formule peut se comprendre de deux manières différentes : Si l'on prend les mots dans leur sens propre, ce serait
tout simplement une sentence juridique signifiant que le mari,
débouté de sa plainte, doit laisser sa femme tranquille ; mais
d'un autre côté, cette expression et d'autres analogues, sont
souvent employées, dans certains actes, pour désigner le
divorce ou la répudiation (2), ceci signifierait alors : « qu'elle
fasse le serment par lequel elle demande le divorce » et il lui
sera accordé en plus de l'amende stipulée. Nous croyons que
c'est plutôt le sens à donner ici à ces mots et dès lors la femme
aurait eu la possibilité de rompre ou de maintenir son union,
et dans le premier cas, l'acte que lui remettait le prêtre, faisant fonction de juge, lui tenait lieu de « lettre de divorce. »

Au moment où M. Paturet écrivait son ouvrage, ce document
n'était pas encore traduit ; c'est ce qui explique les conclusions auxquelles il est arrivé. Nous croyons donc qu'au moins
dans la première période, car le document que nous citons
est encore le seul qui ait été découvert, le mariage ne pouvait
être dissous, soit par le divorce, la répudiation ou même

---

(1) Paturet, *loc. cit.* p. 30 et 31.

(2) On peut comparer, par exemple, l'acte de la femme Djetamantankh
(page 60), où elle dit à son mari qu'elle ne pourra pas *s'écarter* de lui ; celui
du marchand Panofré qui reconnaissait à sa femme le droit de *s'en aller*
Paturet *loc. cit.* p. 33) et d'autres où des périphrases du même genre sont
(mployées pour désigner le divorce ou la répudiation.

l'abandon, que par l'intervention d'une autorité judiciaire. Du reste, cela cadre mieux aussi avec ce que l'on sait de l'opinion que, primitivement, les Egyptiens avaient du mariage.

Nous finirons là cet exposé qui n'a pas été aussi bref qu'on l'aurait peut-être désiré ; mais nous ne pouvions faire moins, puisqu'il nous fallait rétablir, par l'étude des documents, ce qu'était le mariage égyptien au point de vue juridique, afin de pouvoir le comparer ensuite à l'institution hébraïque. Nous passerons à présent à cette comparaison et aux conclusions qu'il est permis d'en tirer.

CONCLUSIONS

RAPPROCHEMENT DES DEUX LÉGISLATIONS

L'aperçu que nous avons donné des différentes lois sur lesquelles reposent les fondements de la famille, ou plus exactement qui établissent et réglementent l'état des personnes dans le mariage chez les deux peuples, a suffi, croyons-nous, à donner déjà une idée des rapprochements qui peuvent être faits. Cependant, pour le but que nous nous sommes proposé, il sera bon de faire ici une comparaison rapide des deux législations, qui aura l'avantage de faire ressortir l'influence que l'Egypte a exercé sur le peuple d'Israël.

Pour être aussi bref que possible, nous ne donnerons, dans cette révision, que les traits essentiels des deux législations.

§ 1. — *La femme en dehors du mariage*

La position accordée à la femme par la législation hébraïque se distingue complètement de celle qui lui était faite chez tous les peuples asiatiques à l'époque même de l'exil. En Chaldée, par exemple, elle reste toute sa vie sous la puissance de quelqu'un, de son père ou de son mari ; elle est méconnue, en tous cas considérée comme n'ayant pas assez de caractère et de force morale pour pouvoir se conduire seule.

Chez les Hébreux, au contraire, sans jouir d'une liberté complète, la femme a pourtant certains droits incontestables. Fille, elle est soumise à ses parents comme tout enfant doit l'être ; mais dans les actes d'où dépendra son bonheur, elle a le droit de faire entendre sa voix. A sa majorité, elle peut même choisir son époux. Elle n'est pas exclue de l'héritage, si ses parents meurent sans enfant mâle.

En Egypte, la femme est l'égale de l'homme ; elle n'est pas plus soumise à l'autorité paternelle que ne l'est son frère. Elle a tous les droits : fille aînée, elle hérite des titres de son père, à défaut de quoi elle reçoit du patrimoine familial la même part que les autres enfants. Il est vrai que sa position fut moins favorisée par le nouveau Code, mais cela provenait des abus qu'elle avait fait de son ancienne liberté.

A ce point de vue, et sans s'étendre davantage, on peut admettre que la position de la femme israélite se rapproche de celle qui était faite à la femme en Egypte. On sent cependant l'influence de la race sémitique dans les restrictions apportées par les lois du Pentateuque. Le législateur, en effet, n'a pas pu se départir de cette tendance à regarder la femme comme un être faible qui a besoin de tutelle ; mais il a su reconnaître pourtant ce qu'il y avait de juste à donner dans la famille, aux filles et à la mère, une place presqu'égale à celle qu'il accordait aux hommes. Les récits de la Genèse sur la création de l'homme et de la femme montrent aussi que primitivement elle était l'égale de l'homme et qu'elle était pour son mari une compagne et non une servante.

Du reste, comme le dit M. Révillout, il devait en être ainsi chez tous les peuples dans le beau temps de l'âge d'or. C'est ce que prouveraient ces anciens poèmes où sont chantés ces beaux moments de la vie de famille, vie simple et naïve, où la femme est la compagne et l'aide dévouée de l'homme. Les Grecs, par exemple, qui devaient plus tard s'inspirer des législations assyrienne et perse pour régler la condition civile des femmes, nous ont laissé l'Odyssée qui, dans les tableaux qu'elle retrace de la vieille vie de famille, nous porte à une époque où les hommes n'abusaient pas encore de leur force pour opprimer le faible. Ce fut par l'empiètement des mœurs asiatiques, transportées par les Phéniciens, que cette inégalité entre les conjoints s'établit, et dans toutes les anciennes civilisations, il n'y a guère, à notre connaissance du moins, que l'Egypte et la Judée qui se soient écartées de ces principes.

Ainsi, par ces dispositions qui laissent à la femme une personnalité, nous pouvons conclure que les lois qui l'intéressent, ne peuvent avoir été faites après l'exil et inspirées par les mœurs asiatiques, puisque, aussi bien chez les Assyriens que chez les Babyloniens ou les Perses, la femme était loin d'avoir une position comparable à celle réservée dans les Livres Saints à la femme israélite.

§. 2. — *L'Institution du mariage.*

Pour tout ce qui regarde le mariage, les façons de le contracter et ses solennités, les coutumes juives ne semblent pas se rapprocher de ce qu'on avait l'habitude de faire sur les bords de l'Euphrate. D'après Hérodote (1), le mariage assyrien et babylonien était une vente qui ne présageait pas devoir laisser une grande liberté ni une vie bien agréable à la femme ainsi vendue.

Pourtant, d'après les nouvelles découvertes (2), on a constaté que chez ces peuples, le mariage reposait sur un contrat passé entre les parties, mais seulement valable lorsque le père y avait apposé son sceau ou sa signature. Ce qui nous empêche néanmoins de croire que les Juifs aient emprunté aux Chaldéens leur régime matrimonial, c'est que chez les deux peuples le principe n'est pas le même. Chez les Juifs, le contrat repose sur le douaire fourni par le mari à la femme, sans que celle-ci n'apporte rien, tandis que chez les Chaldéens, c'est au père que le fiancé donne le présent en

---

(1) Hérodote I. 196 et Strabon, *Histoire* XVI.

(2) M. Maspero (*Histoire des peuples de l'Orient* I. p. 734 sq.) traite au long de cette matière ; il parle des actes qui étaient passés entre les individus contractant mariage, mais cela n'empêchait pas que le mariage ne fût une vente. Ni la femme, ni l'homme n'avaient la possibilité de se marier sans l'autorisation paternelle. « C'était, dit-il, une vente en bonne forme, et les parents ne se dessaisissaient de leur fille qu'en échange d'un présent proportionné aux biens du prétendant. »

échange de sa fille (1), qui, de son côté, peut apporter une
dot en rapport à la fortune paternelle. Cela est si vrai, que
chez les Egyptiens il y eut une transformation opérée dans le
régime matrimonial par suite des influences étrangères, et,
aux contrats par « créance » ou « don nuptial, » la vraie
forme égyptienne, vint s'en adjoindre une autre : « le système
dotal » dont l'origine est incontestablement chaldéenne.

Maintenant, si on compare les actes hébreux, rapportés par
le Talmud (2) et qui doivent être considérés, suivant l'opinion
de M. Salvador et du comte de Pastoret, comme la reproduction de ceux employés par les anciens Juifs, aux actes de
mariage de l'Egypte, nous trouvons plus d'un point de ressemblance. D'abord, tout ce qui regarde l'entretien de la femme,
le respect que le mari lui devra, « l'amitié conjugale, chose
commune à tous les peuples, » se trouvent presque mot pour
mot dans les contrats égyptiens appartenant au système du
« don nuptial, » le plus ancien. Puis, la phrase se rapportant
au douaire, que le mari donne à sa femme en rapport à ses
propres biens, représente aussi la clause des contrats égyptiens, où le mari s'engage à donner en plus de la *somme promise*,
le tiers de son avoir.

On ne peut nier la ressemblance, du moins dans le principe.
Or, pour qu'elle existe, ne faut-il pas qu'il y ait eu influence ?
Certainement oui, car le contrat talmudique s'écarte trop des

(1) Maspero : *loc. cit.* I. p. 734.

(2) Le Pentateuque, il est vrai, ne donne lui-même aucun renseignement
sur la façon dont le mariage était contracté, ni de quelles cérémonies les fiançailles étaient précédées. Mais, d'après le livre de Tobie, bien que ce soit un
apocryphe, nous avons vu cependant que les Juifs faisaient remonter à Moïse
la coutume de sceller un mariage par un acte. Du fait que notre législation
parle de la lettre de divorce, on peut déduire que, si le mariage était détruit
par un acte, c'était aussi par un acte qu'il devait être contracté. Cela ne serait
pas invraisemblable, puisque le livre de Tobie, dans les nombreux détails
qu'il donne sur un mariage, parle de ces tablettes où le contrat était rédigé.
Raguel, le futur beau-père de Tobie, lui dit d'agir selon la loi de Moïse en
écrivant et en scellant les tablettes, c'est-à-dire le contrat. Si le législateur
n'a pas enseigné dans son code un mode de mariage invariable, c'est parce
qu'il a l'intention de laisser les descendants du peuple israélite libres à cet
égard, ne voulant pas les lier à des mœurs que l'avenir pourrait détruire ou
rendre impraticables, comme le pense Michaëlis (*Droit Mosaïque* II. § 89) ; ou
bien, ce qui est plus simple, parce qu'il s'en tient à ce qui est établi
ailleurs.

contrats chaldéens pour s'en être inspiré. Les Juifs ont donc dû avoir cette coutume antérieurement à l'exil.

D'un autre côté, il ne semble pas que le contrat de mariage existât à l'époque patriarcale ; les Juifs, par conséquent, n'auraient pas hérité cette habitude de leurs pères. En outre, si le législateur n'en parle pas directement (cf. Exode XXI 9-11), du moins laisse-t-il supposer qu'il y avait des devoirs imposés au mari (1). Il en est de même pour la lettre de divorce dont parle le Pentateuque sans indiquer la façon dont elle sera rédigée, il faut donc supposer que cela était réglé ailleurs.

Pour en revenir aux actes de mariage, nous croyons, vu leur ressemblance avec le contrat par « don nuptial », que M. Salvador a raison de croire à leur très haute antiquité, car ce ne peut être les quelques individus fuyant, avant l'exil, la colère du roi d'Assyrie, pour se réfugier en Egypte, (Jérémie XLIII, 4-7) qui auraient rapporté des bords du Nil la coutume de ces contrats qui devaient être bientôt les seuls employés. Il faut un long séjour chez un peuple pour s'assimiler sa législation ou ses coutumes, et nous ne croyons pas qu'un espace de moins d'un siècle aurait suffi pour opérer de tels changements.

§. 3. — *Effets du mariage ; Rapports entre parents et enfants.*

L'influence de l'Egypte se fait aussi sentir dans la partie de la législation hébraïque qui a pour but d'établir quels doivent être les rapports entre les parents et les enfants.

Ces rapports ne furent pas toujours les mêmes, aussi bien en Israël qu'en Egypte. C'est ainsi que primitivement chez les Juifs, pendant l'époque patriarcale, qui s'étend des commencements de l'histoire juive au départ de Jacob et de sa famille en Egypte, le père avait droit de vie et de mort sur ses enfants. Maître absolu dans sa famille, il était à la fois juge et exécuteur de ses sentences. Voilà pourquoi Abraham chasse Ismaël de sa présence et qu'il est prêt à sacrifier Isaac ; que Jacob fait passer sur la tête de Juda les privilèges du fils aîné au

(1) Cf. Esaïe IV. 1.

détriment de Ruben, sans qu'aucun des enfants y trouve à redire ; que Juda enfin envoie Tamar à la mort. D'un autre côté, on peut remarquer que les préceptes Noachides, considérant le père comme le représentant de la divinité dans une famille et lui accordant le pouvoir d'invoquer sur les siens les bénédictions ou les malédictions de Dieu, lui laissent par conséquent un pouvoir des plus absolus.

Il en était de même en Egypte ; tout d'abord le père jouissait de la plus grande autorité, et les monuments de l'ancienne Egypte nous mettent en présence d'un genre de vie tout patriarcal.

Dans la période suivante, celle que M. Révillout appelle la « période hiératique », le droit de l'Egypte offre plus de rapports avec le nôtre. C'est après le renvoi des Hyksos ; « l'autorité royale ayant fait place à l'autorité particulière des chefs de nômes et des pères, c'est la justice royale qui prend en main toutes les causes. » (1) Les prêtres sont appelés à juger tous les litiges. Les enfants, libérés de la tutelle presque complète sous laquelle ils étaient dans le régime précédent, ont alors une liberté plus grande dans ce qui regarde la gestion de leurs biens, mais ils doivent toujours témoigner envers leurs parents de la plus grande soumission filiale en toutes autres occasions. Le père n'a plus le droit de vie ou de mort sur ses enfants, il doit, pour tout ce qui concerne les crimes ou délits, recourir à la justice civile. C'est ce dont font preuve tous les monuments et tous les manuscrits de cette période. (2)

Enfin la coutume suivante établit encore un rapprochement entre la législation juive et la législation égyptienne. En effet, la loi ordonnait à un père hébreu de faire entrer son enfant dans la famille israélite par la circoncision, signe de l'alliance entre Dieu et son peuple ; en Egypte, le père devait, sous peine de châtiments assez sévères, faire inscrire son enfant sur les tablettes du nôme qu'il habitait, afin de démontrer ainsi plus tard, par une preuve irréfutable, qu'il était de race égyptienne.

Par le peu que nous en avons dit, il est facile de reconnaître que le droit des Israélites se rapproche beaucoup de cette

(1) E. Révillout : « *Droit Egyptien* » p. 171.
(2) E. Révillout : « *Droit Egyptien* » p. 171.

seconde période. Or, celle-ci correspond justement à l'époque où les Juifs étaient en Egypte. En effet, après le régime patriarcal, où le père était le chef suprême de toute la famille, les lois du Pentateuque font perdre à cette autorité quelques-uns de ses droits, sans lui retirer cependant son prestige, car l'enfant devra toujours être soumis et respectueux, quel que soit son âge. Le droit de vie ou de mort ne lui est plus reconnu, il doit s'en rapporter au jugement des anciens ; il aura même des égards envers ses enfants et ne pourra pas accorder à l'un d'eux des avantages qui porteraient préjudice aux autres.

§. 4. — De la protection accordée au mariage et de sa dissolution.

Ici encore les lois égyptiennes serviront à nous expliquer certaines particularités du droit hébreu.

Tout d'abord, les monuments et les anciens auteurs ne disent pas que le lévirat ait existé en Egypte. Quelques savants avaient cru le découvrir dans certains usages, comme le comte de Pastoret, par exemple ; mais M. Révillout, à qui nous en avons parlé, nous a dit qu'à son avis, cette coutume ne devait pas exister sur les bords du Nil. En effet, les Egyptiens n'avaient pas les mêmes raisons pour posséder une telle coutume. Ils n'avaient pas d'intérêt à conserver intact le territoire d'un nôme, comme les Hébreux l'avaient pour celui d'une tribu. Cette coutume devait être antérieure au séjour d'Egypte, et serait un héritage des ancêtres d'Israël. On en aurait la preuve dans les récits de la Genèse, puisque Juda oblige un de ses fils à en remplir les devoirs. La crainte de mourir sans enfant l'aurait sans doute inspirée primitivement aux Israélites, et plus tard, tout en la conservant, le législateur en aurait fait une loi d'économie politique.

Quant à l'adultère, il était généralement puni de mort chez les Egyptiens et chez les Hébreux, comme du reste aussi chez toutes les autres nations. Il est par conséquent peu probable que les Israélites se soient inspirés des us et coutumes de l'Egypte pour faire leur loi. En effet, le Pentateuque ordonne seulement la peine de mort, tandis que les Egyptiens la faisaient précéder de mutilation, et distinguaient entre adultère commis avec ou sans violence. (1)

Si dans ces deux articles de la protection accordée à l'intégrité de la famille nous n'avons rien trouvé en Egypte qui pût nous éclairer sur leur origine, il n'en est pas de même des autres dispositions légales ayant pour but la protection du mariage.

Nous voulons parler : chez les Juifs, du sacrifice de jalousie la *thôrath hacqenaôth,* et chez les Egyptiens, du jugement rendu par l'acte que nous avons cité (2). Nous ne reviendrons pas sur les lois elles-mêmes, puisque nous les avons déjà exposées, nous ferons seulement ressortir les ressemblances.

Dans le droit juif, il suffit, comme on l'a vu, d'un soupçon pour que le mari fasse comparaître sa femme en justice ; le siège du tribunal est dans le temple ; une fois en présence du juge, la femme doit jurer par un serment d'imprécation qu'elle n'est pas coupable ; enfin la sentence du jugement est rendue par l'Eternel qui châtie lui-même la femme.

Dans le droit égyptien, c'est aussi sur un simple soupçon que le mari traîne sa femme devant le tribunal ; sa condamnation le prouve. En second lieu, le tribunal siège dans un temple, et le juge est un prêtre. Enfin le jugement est rendu lorsque la femme a certifié par un serment qu'elle n'est pas coupable.

Jusqu'ici on peut dire que les deux cérémonies sont identiques. Il n'y a de différence que dans l'exécution du jugement. En effet, en Judée, le châtiment est réservé à la justice de l'Eternel ; en Egypte, c'est le prêtre en tant que juge, qui inflige la peine. Mais cette différence n'est pas capitale : dans le premier cas, c'est Dieu qui punit ; dans le second, c'est son représentant.

Il y a encore cette divergence : En Judée, la femme supporte seule le poids du jugement, et l'unique compensation qu'elle ait, si elle est innocente, ce sera d'être à l'abri du jugement de Dieu ; en Egypte, le jugement peut être rendu en sa faveur.

Cette divergence s'explique parfaitement par la condition particulière que chaque législation reconnait à la femme. En

(1) Diodore de Sicile I. 78.

(2) Voir pages 47 et 80.

Egypte, celle-ci ayant les mêmes droits juridiques que l'homme,
doit, accusée injustement, être indemnisée d'une façon quelconque ; tandis qu'en Judée, où sa condition, quoique
meilleure que dans les pays voisins, est cependant inférieure
à ce qu'elle est en Egypte, elle ne peut compter sur une
indemnité. Bienheureuse est-elle d'être appelée devant
un tribunal ! C'était déjà un grand progrès sur les idées
courantes.

A part donc ces quelques différences, fort explicables du
reste, on ne peut douter de l'analogie des deux institutions.
Cela étant, on peut aussi déduire de cette ressemblance que
l'institution égyptienne était fort vieille, sans doute antérieure
aux Ramessides, voire même aux rois Pasteurs, car ceux-ci,
d'origine sémitique, n'auraient pas, nous semble-t-il, introduit
une coutume si contraire aux idées que ceux de leur race se
faisaient sur les égards dus à la femme.

*
* *

Nous ne croyons pas que tel qu'il se pratiquait en Judée,
d'après le dire des auteurs juifs, le divorce ait pu prendre son
origine ailleurs qu'en Egypte. Voici en résumé ce qu'ils disent
à ce sujet :

Si la femme ne pouvait pas donner l'écrit de divorce en son
nom, ce que pouvait seul le mari, elle arrivait à se le faire
donner (1), ce qui revient au même. En effet, avait-elle à se
plaindre de son mari, sur sa demande, les anciens intervenaient
pour le réprimander, et elle obtenait le divorce s'il persistait
dans son injustice. — Si on applique la loi de Exode XXI 10-11
à la femme libre, il s'en suit que dès qu'elle aura prouvé que
le mari a rompu le contrat, dans lequel il a promis de l'honorer,
d'être plein d'égards pour elle, de l'entretenir convenablement,
le lien conjugal sera délié par la force même des choses. La
femme emportera sa dot, équivalant au prix reçu par la
servante, et tous les autres biens qu'elle avait au moment du
mariage ou qu'elle avait acquis depuis. C'est alors, que suivant
Deutér. XXIV 1, le mari remettait à sa femme la lettre de
divorce. Cet écrit était rédigé en ces termes : « Ce jour....
moi, nommé...., de tel lieu.... je te renvoie et j'écris cet acte

(1) Salvador : *Institutions des lois de Moïse*, « Du divorce. »

de répudiation, afin que tu sois libre d'épouser l'homme qui te plaira. » (1) Quant au mode à suivre dans l'application du principe, les docteurs juifs sont tous du même avis : Avant d'écrire la lettre de divorce, on réclamait des formalités si minutieuses et si compliquées qu'on se réconciliait souvent avant le prononcé du jugement.

En Chaldée, d'après ce que dit M. Maspero (2), la lettre de divorce existait aussi, mais elle était remise sans « cérémonial gênant ». Le mari avait toute liberté de répudier à son gré ; son seul devoir était de remettre à la femme qu'il renvoyait, une somme équivalente à la dot qu'elle avait apportée, et une lettre pour le père constatant la rupture de l'union.

En Egypte, le mariage ne pouvait être rompu que sur un arrêt rendu par un jugement ; les formalités devaient être en conséquence assez compliquées, et suivant ce qu'établissait l'enquête, le divorce était prononcé en faveur de l'un ou de l'autre des époux. En tous cas, l'union était-elle rompue, chacun des deux rentrait dans ses biens, à moins de conventions contraires stipulées dans le contrat, et dans le cas où les torts étaient du côté de l'homme.

Il est facile de voir que la loi juive se rapproche plus de celle de l'Egypte que de celle de la Chaldée, aussi pensons-nous que, dans ce cas encore, la législation talmudique découle d'un principe inspiré par l'Egypte.

Il n'est pas nécessaire de s'appesantir davantage sur les ressemblances qu'offrent entre elles les deux législations. Pour le but que nous poursuivons, il suffisait seulement de montrer que l'une d'elles a influencé l'autre. Nous espérons avoir démontré que dans les traits généraux de la législation hébraïque, il y a des traces évidentes de la législation égyptienne.

(1) Mischna, T. III. I., § 2. — Selden « *Uxor hebraïca* » chap. XXIV. — Pastoret, *loc. cit.* IV. art. III § 6. — Salvador, *loc. cit.* « Du divorce. »

(2) Maspero : « *Hist. anc. des peuples de l'Orient,* » I. p. 736.

CHAPITRE II

CONSÉQUENCES DE CE RAPPROCHEMENT

Comme on vient de le voir, on ne peut mettre en doute que la législation talmudique dans son ensemble, comme celle du Pentateuque dans ce qui nous est parvenu, n'ait subi une grande influence de la législation égyptienne.

Si cette influence existe, elle n'a pu s'exercer sur le caractère de ce peuple au point d'en changer les institutions, qu'à la suite d'un long séjour sur la terre des Pharaons. Ce long séjour, dont on sait la date par les traditions juives, doit être placé entre l'arrivée de Joseph et la sortie du peuple dirigée par Moïse, c'est-à-dire pendant un espace d'à peu près 400 ans. Or pendant une si longue période, où plusieurs générations se sont succédé, il y a suffisamment de temps pour qu'un peuple puisse perdre certaines de ses traditions et s'assimiler les coutumes et les mœurs du peuple au milieu duquel il vit. Cela lui était d'autant plus facile qu'il ne fut pas toujours esclave, maltraité et soumis à ces rudes travaux que lui infligèrent les rois successeurs des Hyksos. Sous la dynastie des rois Pasteurs, ils furent bien traités et jouirent des mêmes privilèges que les Egyptiens.

La tradition dit aussi que ce fut Moïse qui rédigea la loi des Hébreux. Par ce mot de « loi » on peut entendre aussi celui de Code civil, et tout nous porte à l'admettre. Moïse, en effet, a pu tirer les plus grands avantages de la façon providentielle dont il fut élevé et instruit. Enfant adoptif de la fille du

Pharaon, et peut-être héritier présomptif du trône (1), il fut
élevé dans la science des Egyptiens (Act. VII 22). Ayant par
conséquent étudié les lois dans les écoles si florissantes de
cette époque, il a pu reconnaître tout ce qu'il y avait de grand,
d'humain dans ces institutions, et il a voulu en doter son
peuple. Se sentant appelé à délivrer les enfants d'Israël, à les
conduire et à en faire une nation, il put réfléchir sur ces lois
pendant les quarante années qu'il passa dans le pays de
Madian, et guidé par l'esprit de Dieu, il sut leur donner, dans
le désert, cette forme qui, tout en laissant sentir l'influence
égyptienne, en fait cependant une législation à part.

Mais ces lois sont-elles parvenues dans le Pentateuque
telles que Moïse les a données ? Cela n'est pas probable, au
moins pour toutes. Quelques-unes n'ont été rapportées par
les rédacteurs que lorsque, dans les coutumes admises, il y
avait quelque chose qui contrastait trop avec leur point de
vue religieux, et d'autres, quand insuffisantes, elles avaient
besoin d'être complétées. En effet, ces lois n'apparaissent
que détachées, incomplètes, au milieu d'un ouvrage écrit dans
un seul but, un but moral ou si l'on veut religieux : d'abord
celui de démontrer par l'histoire que le peuple juif ne pourra
jamais être heureux ni maître chez lui tant qu'il refusera de
vivre selon « les lois et les ordonnances » données par Dieu
à ses pères dans le désert ; ensuite d'établir la façon dont ce
peuple pourra vraiment servir et honorer l'Eternel, le Dieu
d'Israël. Pour cela ces auteurs se sont servis de documents
qu'ils ont collationnés, sans chercher, la plupart du temps, à
les accorder entre eux. Ils ont emprunté à ces récits ou aux
traditions ce qui était nécessaire à leur œuvre, et rien de plus.
Cela explique l'influence égyptienne si manifeste dans les
récits de la Genèse et de l'Exode : Ainsi, l'administration de
Joseph qui, telle que la rapportent les traditions hébraïques,
offre des ressemblances frappantes avec l'administration des

---

(1) A côté de la filiation naturelle, l'adoption existait en Egypte avec des
droits assez étendus. C'est ainsi qu'un enfant adopté, s'il n'avait pas plus tard
de frères ou de sœurs, héritait des titres et des biens paternels. Or Moïse qui
fut, comme on le sait, adopté par la fille du Pharaon, peut-être la fille aînée,
d'après ce que dit de cette princesse Exode II, pouvait devenir l'héritier de la
couronne. En tous cas, il était prince, en tant que « fils de la fille de
Pharaon » (Héb. XI. 24), et comme tel il reçut l'éducation soignée qu'on
donnait alors aux fils de rois.

hikou du gouvernement de l'Ancien et du Moyen Empire ; l'hypothèse de certains auteurs qui voient dans l'histoire de Joseph la reproduction d'un ancien roman, l'*Histoire des deux frères* du papyrus d'Orbiney. Ces auteurs qui devaient par conséquent avoir sous les yeux des documents précis sur les us et coutumes de l'Egypte antique, ont omis cependant tout ce qui ne se rapportait pas directement à leur but moral. Aussi n'ont-ils pas mentionné des choses qui nous étonnent, par exemple, ils ne nous parlent que de Pharaons, ayant l'air de prendre le titre pour le nom du roi ; ils donnent aux anciennes localités le nom qu'elles ont de leur temps. Mais en quoi leur importe-t-il que l'exactitude historique soit plus ou moins rigoureuse ? Ils n'ont qu'un souci, prouver au peuple que s'il abandonne Dieu, Dieu l'abandonnera à son tour ; mais que, s'il le craint, suit ses commandements et marche dans ses voies, Dieu l'aidera, comme il a aidé ses pères à se soustraire à la puissance des Pharaons ou à la domination assyrienne.

Ce but n'est pas seulement poursuivi dans le Pentateuque, mais aussi dans tous les autres livres historiques. Ainsi, où est-il plus reconnaissable que dans les livres des Rois et des Chroniques ? Après l'histoire du règne de chaque roi, on devrait plutôt dire après l'appréciation de sa vie religieuse, on trouve, invariablement répétée, cette phrase : « Le reste des actions de.... toutes ses guerres et tout ce qu'il a fait, cela est écrit dans le livre des Rois d'Israël et de Juda. » C'est-à-dire que si le lecteur désire avoir plus de détails sur l'histoire politique de la nation juive et de ses rois, il est obligé d'avoir recours à d'autres ouvrages.

Si tel est le but poursuivi à travers toute la Bible, on comprend que les auteurs du Pentateuque, ayant surtout en vue l'établissement de la théocratie, ou mieux encore le désir de définir exactement quel sera le culte à rendre à l'Eternel, se soient plutôt efforcés de traiter tout ce qui avait rapport à cette organisation, qu'ils se soient longuement étendus sur tout ce qui se rapportait au culte, et n'aient introduit qu'incidemment dans leur législation religieuse quelques lois civiles ou de droit commun. Ainsi ce fait est frappant pour ce qui regarde le « Code Sacerdotal » ; le passage Lévit. XVII à XXVI arrive on ne sait trop pourquoi au milieu de prescriptions qui n'ont trait qu'au culte, et si différentes des autres que la plupart des théologiens s'accordent à dire que ces « *thoróth* » sont

7

de provenances diverses (1), qu'elles témoignent d'une incontestable parenté avec le livre de l'alliance et la législation du Deutéronome, enfin qu'elles n'ont été rapportées que pour permettre au Code Sacerdotal de les compléter et de les développer. (2)

Ce qui appuierait encore cette manière de voir, c'est que dans les trois principales sources qui composent le Tétrateuque, les lois civiles sont très peu nombreuses, sans liens entre elles, ne permettant pas la reconstitution d'un Code civil sans avoir recours à d'autres ouvrages. On dirait que les auteurs de ces trois sources ont simplement voulu, en introduisant ces lois dans leur Code religieux, leur donner un esprit nouveau, plus élevé et mieux en accord avec les principes qu'ils cherchaient à établir, ou encore à développer celles qui étaient insuffisantes dans les sources précédentes. Ce fait peut se constater dans l'institution des *Goëls* ; la loi donnée par E. dans Exode XXI 12-14 est aussi simple que possible : elle établit seulement que celui qui aura commis un meurtre involontairement pourra éviter le châtiment en se réfugiant dans *un* lieu qui *sera* déterminé ; Nombres XXXV 9-34, attribué au Code Sacerdotal par tous les critiques, indique six villes de refuge, trois en deçà et trois au delà du Jourdain. Evidemment il y a là un développement de la première loi, promulguée par le Livre de l'Alliance, puis complétée par le Deutéronome. En effet, ce dernier n'indique tout d'abord que trois villes de refuge et laisse à l'avenir le soin d'en ajouter trois autres (Deutér. XIX 1-15), sans doute celles que mentionne l'addition du Code sacerdotal dans Deutér. IV 41-43. — Le but des auteurs aurait alors été celui-ci : Le Livre de l'Alliance donne à une coutume ancienne la sanction de la loi pour laisser à la justice privée le soin de

---

(1) Consulter à ce sujet la table des sources que nous avons dressée d'après les *Tabellen* du docteur Holzinger et que nous donnons en appendice.

(2) M. Westphal est de cet avis (II p. 28 note) ; il lui semble que la législation de C. suppose des prescriptions de S. et se borne à les compléter ; et que S. doit être considéré comme une législation antérieure à C. et postérieure à JE. Il en serait de même pour les autres parties de la législation sacerdotale : « le parti le plus sage, dit-il, serait de les tenir non pour une œuvre législative coulée dans un seul moule, mais pour la rédaction d'un programme religieux dans lequel d'anciennes coutumes, le rituel nouveau et les décrets de Dieu à Moïse, se trouvent rapportés et souvent confondus. »

poursuivre le coupable, l'organisation actuelle ne permettant pas encore à l'Etat de le faire ; le Deutéronome, pour éviter les abus qu'on avait pu constater, réglemente la coutume en laissant au meurtrier involontaire la possibilité de fuir un châtiment injuste ; enfin le Code Sacerdotal, voyant l'insuffisance des dispositions du Deutéronome, aurait établi six villes de refuge pour mieux sauvegarder l'innocent.

Les différents Codes peuvent aussi présenter une loi dans le but de faire prévaloir leur point de vue religieux particulier. C'est ce qu'on remarque dans les lois rapportées par le Deutéronome et le livre des Nombres sur la diffamation et la jalousie. Il est inutile de détailler les deux lois, puisque nous en avons déjà parlé longuement dans le chapitre qui traite de la protection accordée au mariage. Nous dirons seulement que toutes deux sont certainement fort anciennes et ont trait à l'atteinte qu'un mari peut porter à la réputation de sa femme par motif de jalousie ou d'aversion. Nous n'appuierons pas ici sur les lois elles-mêmes, car elles se rapportent à deux objets différents, mais bien sur les juges qui seront appelés à rendre l'arrêt. Comme la législation du Deutéronome, tant civile que religieuse, n'a pas pour but d'établir la suprématie du prêtre, ce Code remet aux anciens le soin de juger l'affaire, chose toute naturelle en un temps où il n'y avait pas de sanctuaire unique. Le Code Sacerdotal, dont le but est facile à reconnaître d'un bout à l'autre de sa législation, cherche au contraire à mettre entre les mains des prêtres tous les litiges, et il décide que ce sera devant le prêtre que se jugeront ces sortes d'affaires. Il est curieux, en tous cas, de constater que si les deux auteurs ont puisé à la même source, le dernier législateur soit revenu à ce qui se faisait autrefois, c'est-à-dire à la coutume à laquelle le peuple juif avait dû être habitué quand il était en Egypte. En effet, comme on l'a vu, dans ce pays ces sortes de procès se jugeaient devant un prêtre et, selon toute probabilité, depuis fort longtemps.

Nous ne pouvons pousser plus loin ces recherches, malgré tout leur intérêt, sans risquer de nous étendre plus que ne nous le permet cette étude. Résumons-nous donc en disant qu'en premier lieu ces exemples confirment l'opinion de M. Westphal sur l'ordre chronologique de ces trois sources, savoir : que le Deutéronome est postérieur au Livre de l'Alliance et antérieur au Code Sacerdotal ; et en second lieu, que souvent, dans ses lois, un Code laisse percer les préoccupations religieuses de son auteur.

Il serait plus intéressant de se demander à présent quel est exactement le corps de lois qui nous est parvenu dans chaque législation. Est-il possible de refaire, avec ce qu'elles donnent une sorte de Code civil ayant trait à l'état des personnes dans la famille ? Ce qu'on a se réduit à bien peu de chose, et on verra que si certains articles sont assez développés, d'autres, tout aussi importants, ne sont pas même mentionnés.

Celui qui donne le moins de renseignements se trouve être le plus ancien, c'est-à-dire le *Livre de l'Alliance*. Mais il est bon cependant de faire remarquer que ses deux ou trois lois sont suffisamment développées pour prouver une connaissance des sciences juridiques assez étendue, et qu'elles supposent d'autres lois qui ne nous auraient pas été rapportées. Voici en effet tout ce qu'il dit sur la question si importante de la constitution de la famille, c'est-à-dire du mariage et de ses effets.

Des formalités préliminaires à remplir, et de ce que sera la base de l'union, il n'en dit rien ; nous savons seulement que le mariage était précédé de fiançailles par Exode XXII 16-17, rapportant le châtiment réservé au suborneur d'une jeune fille qui n'est pas *fiancée*.

Il en est de même pour les modes de mariage. Comment étaient contractées les unions ? A peu près même silence. Un seul passage permet de supposer qu'entre les fiançailles et le jour des noces il y avait un intervalle, et que le mariage se concluait par le versement d'une dot ou d'un douaire (Exode XXI 7. 9. 11.)

Quant aux conditions de validité et aux effets du mariage, le Livre de l'Alliance ne rapporte rien. La seule chose qu'on y trouve encore à trait à la protection accordée au mariage : c'est une loi sur l'adultère et sur l'institution des *Goëls*. (1)

Comme on le voit, c'est bien peu. Il n'y a pas là de quoi réglementer ce qui forme la base de toute société, le mariage. Il faut que la législation civile contemporaine du *Livre de*

---

(1) Les lois du Livre de l'Alliance sont attribuées par les critiques à E. ; dans la source J., par le passage de Exode XXXIV 16, il s'en trouve aussi une permettant d'établir que le consentement du père était nécessaire pour valider le mariage, puisqu'il y est dit qu'il doit défendre à son fils ou à sa fille une union avec une personne de race étrangère et idolâtre.

l'Alliance nenous soit pas parvenue. Autrement, comment comprendre que le législateur ait donné quelques lois pour établir ou défendre certaines choses et qu'il en ait omis d'autres tout aussi importantes !

Si nous passons aux lois du *Deutéronome,* nous nous trouvons en présence d'une législation plus complète, qui développe à certains égards celle du *Livre de l'Alliance.* Elle laisse entendre que le mariage était précédé de fiançailles (XX 7 ; XXVIII, 30); que l'union était basée sur un douaire (XXII, 29) ; que, pour sa validité, il y avait certaines aptitudes légales indispensables (XXVII 20-23) ; que le consentement des personnes ayant le droit de puissance était requis (VII 3). Quant aux effets du mariage, c'est-à-dire les droits respectifs des époux, les rapports des enfants et des parents, les successions, s'ils ne sont pas réglementés, ils sont indiqués tout au moins par certaines prescriptions ; enfin il y a certaines lois qui protègent le mariage, règlent sa dissolution et assurent l'intégrité de la famille.

Il n'est pas utile de poursuivre plus loin, puisque le tableau synoptique, que nous donnons en appendice, contient tout ce que disent à ce sujet les différentes sources ; mais faisons seulement remarquer que, dans le Deutéronome même, les lois sont loin d'être complètes. Pas plus que celles de l'autre source, elles ne suffisent à rétablir un Code civil pour l'article du mariage. Néanmoins il faut constater qu'il mentionne presque toutes les questions qu'un Code assez avancé renferme au sujet de cet article. Le Deutéronome suppose ainsi la connaissance des divisions employées déjà par les anciennes législations, par exemple, la législation romaine. Celle-ci, en effet, renfermait sous ces quatre rubriques tous les articles fondamentaux de nos droits modernes sur la question du mariage : ses différents modes, ses conditions de validité, ses effets et sa dissolution.

On peut dire encore que ses lois sont souvent semblables à celles du *Livre de l'Alliance,* mais complétées, développées. Ainsi la loi de Exode XXII 16-17 établit en principe que le séducteur d'une jeune fille non fiancée sera puni, mais il n'indique pas le châtiment ; tandis que Deutér. XXII 29 le fait en infligeant au coupable une amende de 50 sicles. La préoccupation de l'auteur du Deutéronome semble donc avoir été seulement de réparer l'oubli du Livre de l'Alliance.

Le *Code Sacerdotal* sera-t-il plus complet dans ses lois ? S'il est bien vrai qu'il soit le dernier paru, il devra assurément combler les lacunes des deux autres. Or, cela n'est pas ; à certains égards il est même bien moins complet (1), car tout ce qu'il dit se rapporte à ces deux points : 1° Pour les effets du mariage : la puissance paternelle et les successions ; 2° Pour la protection qui lui est accordée : le sacrifice de jalousie et l'institution des Goëls.

Lui aussi pour la partie dont nous nous occupons, est aux deux législations précédentes ce que le Deutéronome était lui-même au Livre de l'Alliance, c'est-à-dire leur commentateur. Il est facile de le constater par l'institution des Goëls et par ce qui est dit du droit d'aînesse (2). (Exode XIII 1. et Nomb. III 44-51.)

Reste enfin Lévit. XVII à XXVI, intercalé dans le Code Sacerdotal et dont nous n'avons rien dit jusqu'ici. Les lumières que celui-ci fournit sont précieuses. Comme les trois autres sources, il est incomplet à certains égards, mais à d'autres, il est beaucoup plus détaillé. Ainsi il est muet sur tout ce qui touche aux modes de mariage et aux formalités préliminaires ; mais, par contre, il s'étend longuement sur les aptitudes légales nécessaires à sa validité. En effet, tandis que le Deutéronome les donne sous forme de malédiction (XXVII 20-23), Lévit. XVIII les cite comme des articles de loi. Et, à les comparer entre elles, on dirait presque que le Deutéronome a dû connaître les interdictions du Lévitique pour écrire ses malédictions. Les rapprochements sont nombreux et s'étendent, non seulement au « *jus connubii*, » mais encore à d'autres défenses. (3)

---

(1) Dans ce Code nous ne pouvons faire rentrer Lévit. XVII à XXVI au milieu duquel il est intercalé, parce que, nous l'avons déjà dit, il ne semble pas devoir être attribué proprement au Code Sacerdotal, et c'est lui justement qui traite le plus des affaires civiles dans la législation du Code Sacerdotal.

(2) Exode XIII 1, attribué au Code Sacerdotal par les critiques, prouverait que l'institution était connue de ce Code ; mais suivant en cela son point de vue, il cherche à en faire une institution particulière en la basant sur une idée religieuse. De même pour Nomb. III 44-51.

(3) Comparer par exemple : Lév. XIX, 14 et Deut. XXVII 18 ; Lév. XIX 33 et 34 et Deutér. XXVII 19, etc. — Nous ne parlons que des lois civiles ; les lois relatives aux prêtres comme Lév. XXI par ex., sont bien dans l'esprit du reste du Code Sacerdotal.

Il nous semble alors que, si ces rapprochements existent et supposent la connaissance que l'un a eu de l'autre, il faut admettre que ce passage du Lévit. est plus ancien que le Code Sacerdotal, et que c'est bien à une source distincte que ces lois ont été empruntées par le Code Sacerdotal. Les critiques les plus autorisés, tels que Dillmann, Kuenen, Cornill, Wellhausen et d'autres l'ont bien compris, puisqu'ils ont à ce sujet fait les distinctions les plus minutieuses. Tous s'accordent à reconnaître que « ces passages n'appartiennent pas en propre à P. (1) ; ils les partagent entre P^h, P^g, P^s, etc. »

Pour nous, et pour ne pas sortir de notre sujet, nous ne croyons pas, que tel qu'il est donné, Lévit. XVIII appartienne à l'époque où on place la rédaction du Code Sacerdotal. Autrement pourquoi les interdictions au mariage, si détaillées dans ce Code, en apparaissant à l'époque d'Esdras et de Néhémie, n'auraient-elles pas fait allusion aux unions avec les femmes étrangères ? Or, il n'en est rien dit ; et le passage lui-même motive ses interdictions sur ces deux raisons : ou bien les Juifs pourraient conserver les coutumes auxquelles ils ont pu s'habituer en Egypte, ou bien ils pourraient considérer comme licites celles pratiquées par les Cananéens, au milieu desquels ils vont habiter. Ce qui nous confirme encore dans cette opinion, c'est que Deutér. XXII 22, en parlant de la peine réservée à l'adultère, semble rappeler celle indiquée par Lévit. XX. 10, en lui donnant un mobile de haute moralité : « tu ôteras ainsi le mal du milieu de toi. »

Nous voudrions à présent, au moyen d'une autre preuve, chercher à établir l'existence d'un Code, ou d'un recueil de lois, qui aurait régi le peuple juif dès sa sortie d'Egypte, et auquel auraient puisé les différents auteurs des sources du Pentateuque.

Nous avons fait appel jusqu'ici à la ressemblance indéniable qui existe entre les différentes lois données, et nous avons dit que les différences, s'il y en a, sont superficielles et s'expliquent parfaitement par le point de vue particulier que voulait défendre l'auteur de la source à laquelle on les emprunte. A cette raison, on peut en joindre une autre qui sera, sinon plus

_____

(1) Les Allemands dénomment le Code Sacerdotal par la lettre P. On appelle P^h le Code Sinaïtique ; P^g le Code Sacerdotal lui-même ; P^s les additions au Code Sacerdotal.

concluante, au moins de même valeur : C'est la présence
dans la législation hébraïque du même principe juridique,
déjà formulé par le Décalogue, développé par les commentaires
du Pentateuque, et arrivé à son complet épanouissement dans
la Mischna et le Talmud. (1)

Si l'on se souvient de la comparaison rapide que nous avons
faite de la législation hébraïque et rabbinique, et de la législation égyptienne, il est facile de conclure que toutes deux
sont trop semblables dans leurs traits généraux pour ne pas
être parties d'un principe commun. Il faut admettre alors que
la législation rabbinique repose sur des principes qui lui ont
été inspirés à une certaine époque par la législation
égyptienne. Nous avons déjà dit quelque part qu'il était
impossible que les Juifs retirés en Egypte du temps de Jérémie
(XLIII, 1-7) eussent rapporté ces coutumes du bord du
Nil ; et encore l'eussent-ils fait, que cela n'expliquerait pas
que ces principes, sur lesquels s'appuient les Rabbins, soient
déjà renfermés dans les sources J., E. et D. antérieures à ce
départ. Vouloir donc faire remonter cette influence à cette
époque serait une hypothèse qui nous parait insoutenable, et
nous préférons admettre que cette influence s'est produite
pendant le séjour des descendants de Jacob en Egypte.

Tout s'explique alors très bien. Le peuple est sorti de ce
pays, guidé par Moïse ; non pas chassé, mais de son plein gré,
réhabilité en quelque sorte à ses propres yeux par les faveurs
extraordinaires dont l'Eternel l'a comblé (2). Il peut alors,
sans arrière-pensée, garder pour la vie civile les lois et les
coutumes égyptiennes auxquelles il s'est habitué pendant son
long séjour. Ne sait-il pas aussi que, s'il a été réduit à une si
rude servitude, c'est parce que les Egyptiens de race, ennemis
héréditaires et déclarés des Sémites, ont recouvré la puissance
avec l'avènement au trône de la dynastie des Ramsès ?

De plus, Moïse qui avait été placé dans des conditions
exceptionnelles pour s'instruire, et qui devait être un homme
d'une grande intelligence, voire même d'un grand génie, n'a

(1) On pourrait presque dire que le Décalogue aurait été le résumé le plus
succint de toutes ces lois, comme les paroles du Deutéronome, citées par Jésus,
étaient celui du Décalogue.

(2) Voir à ce propos Exode XII à XV, et le récit très détaillé de M. Maspero
« *Histoire ancienne des peuples de l'Orient* » II. p. 442 et sq.

pas pu conduire son peuple, en former une nation homogène
et autonome, sans lui donner une législation civile, base
nécessaire à toute société. Lui refusera-t-on les aptitudes
suffisantes pour faire ce qu'on fait un Lycurgue, un Solon ou
même un Mahomet, ou tout au moins le simple bon sens, dont
ces fondateurs de peuples ont fait preuve en donnant leur
législation !

Nous croyons donc, vu la personnalité de Moïse, que le
peuple juif avait en sa possession, même au désert, plus qu'un
droit coutumier, comme le voudrait M. Reuss, mais une
législation parfaitement définie, peut-être même un droit civil
écrit. Nous ne voyons pas pourquoi cela ne serait pas, puisqu'on en retrouve une partie dans le Pentateuque ; personne,
à notre connaissance, ne certifie que les sources historiques,
qui ont permis au rédacteur final de rédiger le Pentateuque ;
nous soient parvenues dans leur entier. Alors pourquoi ceux
qui ont puisé dans ces premiers récits, n'auraient-ils pas
emprunté leurs lois à un écrit plus ancien ? — Il est préférable
de croire qu'il en fut ainsi, plutôt que de supposer que chacune
des sources a été en petit ce qu'est en grand le Pentateuque,
c'est-à-dire un recueil complet d'histoire et de législation ;
d'autant plus que, comme nous l'avons démontré, souvent
aussi chacune d'elles reprend les lois déjà données, soit pour
les développer, soit pour les conformer à son point de vue
religieux. (1)

Que ce code ait été modifié dans la suite, que l'évolution ne
se soit produite que lentement, nous sommes tout prêt à en
convenir, et d'autant plus volontiers que dans le courant de
cette étude nous l'avons déjà fait remarquer. Mais, malgré
cela, ce Code primitif devait être assez développé pour donner
aux Rabbins les prémisses qui devaient les conduire à leurs
conclusions.

---

(1) On ne peut nier, comme nous l'avons déjà fait remarquer, qu'il n'y ait un
développement dans la législation religieuse. Supposons que le Code de
l'Alliance, ou le Deutéronome, ne nous soit pas parvenu, ou encore que tous
deux aient été perdus, le Code Sacerdotal, si savant, si bien combiné, amenant
le culte israélite au plus haut point de développement qu'il pouvait atteindre,
nous portera à admettre que le peuple juif avait auparavant une institution du
culte, embryonnaire si on veut, mais qui renfermait virtuellement celle qui
devait prévaloir plus tard. Or, par analogie, on peut supposer qu'il en fut de
même pour la législation civile. N'est-il pas évident que nous en avons des
passages dans les différents Codes religieux du Pentateuque ? Des lacunes si

Comment aurait-il pu en être autrement? L'histoire nous
montre le peuple juif trop orgueilleux, trop pénétré de son
importance, de sa sagesse, de l'étendue de ses connaissances,
du but glorieux que Dieu lui avait assigné, pour admettre que
les Rabbins du IIe et du Ve siècle, dignes descendants des
Pharisiens de l'époque de Jésus-Christ, eussent cherché à
faire un Code sur des données qui leur seraient venues
d'Egypte, quittes à les sanctionner ensuite en les appuyant
sur des passages de l'Ecriture. Cette hypothèse serait plus
invraisemblable que celle que nous défendons !

Et puis, cela n'expliquerait pas ce principe dont nous
parlions tout à l'heure, qui se trouve déjà dans les lois du
Pentateuque et se retrouve dans la Mischna et le Talmud. Si
cette législation n'est pas ancienne, où trouver l'explication
de la position particulièrement favorable faite à la femme,
même dans l'ancien temps, et si différente de celle qui lui
était faite à l'époque patriarcale, comment expliquer que les
interdictions au mariage soient données pour avertir les Juifs
de ne pas tomber dans les erreurs des Egyptiens, etc. ? Qu'on
se souvienne aussi de ce modèle d'un acte de mariage que
nous avons donné en parlant des contrats et qui semble être
le développement de celui que laisse entrevoir le Pentateuque ;
comment les Rabbins seraient-ils venus à considérer cet acte
comme suffisant pour valider l'union avant la cohabitation,
dès qu'il était signé des deux parties et des témoins nécessaires : comment l'auraient-ils donné si semblable aux actes
égyptiens d'une époque fort antérieure au IIe siècle, si les
Juifs n'avaient pas eu depuis longtemps déjà l'habitude de
cette coutume ? Seul, en effet, avec les Egyptiens, à notre
connaissance, le peuple juif a reconnu au contrat l'autorité
de valider le mariage sans la cohabitation. — Non, pour
qu'une semblable évolution d'un même principe se soit

graves à côté de lois si minutieuses ne permettent pas d'en douter. Voici ce
qui se serait alors passé : longtemps régi par ce Code, puis plus tard par le
même Code augmenté des innovations du Pentateuque, le peuple l'aurait
perdu dans les cataclysmes successifs qui le frappèrent si rudement à une
certaine époque. Pourtant, suffisamment enraciné dans les mœurs pour résister
aux secousses de l'exil et des dominations diverses qui s'exercèrent sur lui,
cette législation, peut-être plus détaillée, serait reparue avec Esdras ; enfin
désireux de fixer dans un monument juridique ce qui faisait leur gloire, les
Rabbins du IIe et du Ve siècle, en auraient formé un recueil dans la Mischna
et le Talmud, en l'amenant au développement le plus complet qu'il pouvait
atteindre.

produite, il est nécessaire que les Rabbins aient eu pour baser leur œuvre, une législation nettement définie et autrement complète que celle fournie par toutes les sources du Pentateuque.

Aussi, et pour nous résumer, nous disons : à cause de la ressemblance qui existe entre les lois des différents Codes ; à cause du principe d'égalité et de liberté pour la femme, posé à la base de ces lois ; à cause enfin de l'évolution qui les a amenées, avec la législation rabbinique, à former une législation si semblable à celle de l'Egypte, nous croyons fermement à l'existence d'un Code primitif, renfermant tout au moins les principes fondamentaux, suffisant pour régler la condition et l'état des personnes dans la famille, et auquel les lois du Pentateuque auraient été empruntées.

Ce Code primitif n'a pu avoir pour auteur que Moïse ou ses successeurs directs, et il n'a été cité par le Pentateuque que lorsque celui-ci croyait nécessaire de développer une loi ou de l'adapter à un certain point de vue religieux.

Nous y croyons d'autant plus fermement que nous comprenons mieux alors cette parole du Deutéronomiste, qui n'aurait guère de sens, si son Code civil était réduit aux seules données du Pentateuque, ou encore s'il faisait seulement allusion au Code religieux, mais que nous approuvons pleinement, s'il comprend, dans cette exhortation, toute la législation, même celle qui ne nous serait pas parvenue :

« Voici je vous ai enseigné des lois et des ordonnances comme l'Eternel mon Dieu me l'a commandé, afin que vous les mettiez en pratique dans le pays dont vous allez prendre possession. Vous les observerez et vous les mettrez en pratique, car ce sera là votre sagesse et votre intelligence aux yeux des peuples qui entendront parler de toutes ces lois et qui diront : cette grande nation est un peuple absolument sage et intelligent. » (1)

(1) Deutéronome IV. 5. 6.

APPENDICE N° 1

Tableau synoptique des lois sur le mariage dans les quatre sources du Pentateuque.

Le Mariage.	Livre de l'alliance.	Code Sinaïtique	Deutéronome	Code sacerdotal.
ART. I				
1. Formalités préliminaires	Ex. XXI . 9 (?) " XXII 15-17		XX . 7 XXVIII . 30 (?)	
2 Modes de mariage	Ex. XXI 7-11		XXII . 28-29	
ART. II — Conditions de validité				
1 — Consentement des époux				
2 — Aptitudes légales au mariage, « Jus connubii »		Lév. XVIII.6-18 " XX 11-21	XXII 30 XXVII 20-23	
3 — Consentement des personnes ayant droit de puissance	Ex. XXXIV.16 (?)		VII . 3 XXII . 16	
ART. III — Effets du mariage.				
1° — Puissance paternelle		Lév. XIX .29	XXI 19-21	Nomb. XXX 4-6
2° — Droits de la femme	Ex. XXI 9-11		XXI . 19-21 XXV 5,7-9 IV . 9	
3° — Rapports des enfants et des parents	Ex. XII.25-27		VI . 7 XI . 19 Ex. XIII.8-14	Lévit. XII.3 Exod. XIII.8-14
4° — Droit d'aînesse			XXI.15-17	Exode XIII . 1 Nomb. III . 44-51
5° — Succession			XXI . 15-17	" XXVII.8-11 XXXVI
ART. IV — De la protection du mariage				
1° — Fiancés (Diffamation, jalousie)			XX 7 XXII 13-21 XXIV 5	Nomb. V, 11-32
2° — Adultère	Ex. XX .14	Lév. XVIII 20 XIX .20-22 XX . 10	V . 18 XXII .22	
ART. V — Dissolution du mariage				
1° — Divorce	Ex. XXI .11 (?)		XXIV 1-6	

APPENDICE N.º II

1

Dillmann.

Livres	P	J	E	JE	Observations.
Exode	XIII 1	XII 26 XIII 8-16 XXXIV 16	XX 14 XXI 7-14 XXII 16-17		

	P^b	P^g	P^s	Observations.	
Lévitique	XVIII 6-18 XIX 20-22 XIX 29 XX 10-11	XX 13	XII 3	XII-XV, emploi de différents morceaux par P^g	

| Nombres | V 11-31 | XXVII 8-11
XXX 4-6
XXXV 9-34 | III 44-51
V 11-31 | employé par P^h de P^s ou d'après P^s

XXXVI appartient également à P^g | |

	D^1	D^2	P.		
Deutér.	IV 9 V XII à XXVIII				

II
Wellhausen.

Livres	P.	J	E (E¹ E²)	JE	Observations
Exode	XIII 1-16			XII. 26	appartenant plutôt à une source à placer entre JE et P. v. 3-16 à attribuer à D ou à R je.
			XX 14		
			XXI 7-14		
			XXII 16-17		
		XXXIV 16			v. 14-26 appartiennent à une retouche postérieure.

	Pᵇ	Pᵍ	Pˢ	Observations
Lévitique	XVIII 6-18	XII. 3		
	XIX 20-22			
	XIX 29			
	XX . 10-21			
Nombres			III 44-51	Comme deuxième addition.
			V. 11-31	Identique à Pᵍ mais non dans la combinaison organique primitive.
		XXVII 8-11		
			XXX 4-6	
		XXXV 9-34		XXXVI appartient également à Pᵍ

	D¹	D² (a b)		Observations
Deutér.	XII -XXVI	IV. 9 (a)	V - XI (b)	
		XXVII (a)		

III
Kuenen.

Livres	P	J	E (E^1 E^2)	D	Observations
Exode	XII 26		XX.14 XXI 7-14 XXII 16-17	XIII 1-16	{ employé dans l'esprit de D, mais non indépendant de D, il fut introduit par Rje v.1-17 retouchés par Rd Le livre de l'alliance est à E
		XXXIV 16			v.10-27 appartiennent à l'écrit fondamental, le "Grundlage".

	P^h	P^g	P^s	Observations
Lévitique	XVIII 6-18 XIX 20-22 XIX 29 XX 10-21		XII.3	
Nombres		III 44-51 XXVII 8-11(?) XXXV 9-34	V 11-31 XXX 4-6	Les considérations de Wellhausen sur III.11 —IV 49 ne sont pas sans fondement. XXXVI appartient également à P^g

	D^1	D^2 (a b)	Rjed	
	V-XI XII-XXVI XXVII 9-10	IV 9	XXVII 1-8	XXVII 1-8 est basé sur un original plus ancien.

IV
Cornill.

Livres	P	J	E	D	Observations
Exode	XIII 1	XXXIV 18	XX 14 — XXI. 7-14 — XXII 16-17	XII 26 — XIII 3-16	v. 21-26 enchassés par R — v. 3-16 introduits par R

	Pᵇ	Pᵍ	Pˢ	Observations	
Lévitique	XVIII 6-18 — XIX 22 — XIX 29 — XX 11-21		XII 3 — XIX 20-21		
Nombres	V. 11-31	III 44-51 — XXVII 8-11 — XXXV 9-34	XXX 4-5	XXXVI appartient également à Pᵍ	

	D¹	D² a (Dᵇ)	D² b (Dᵖ)	Observations	
Deutér.	XII-XXVI	XXVII 1-8	V-XI — XXVIII-XXX	IV 9-40 ajouté après l'exil au passage I. 6-IV. 8.	

V
Kautzsch

Livres	P	J	E	D	?	
Exode	XIII 1	XXXIV 16	XX 14 / XXI 7-14 / XXII 16-17	XIII 3-16	XII 26	

	P	?	Observations
Lévitique	XII 3 / XVIII 6-12 / XIX 20-24 / XX 10 / — 11-21		Les passages marqués **?** dans le tableau de Kautzsch (1894) n'appartiennent à aucune des autres sources, mais ils furent ajoutés peut-être en même temps ou peut-être même après la fin de la rédaction.
Nombres	III 44-51 / V 11-31 / XXVII 8-11 / XXXV-XXXVI	XXX 4-6	

	D	D^t
Deutér.	VII / XII-XXVII	IV / XXXII 46

TABLE DES MATIÈRES

www.ingramcontent.com/pod-product-compliance
Lightning Source LLC
Chambersburg PA
CBHW060821250626
47162CB00005B/1893